www.tredition.de

AF216845

Gunther Britz

Dann machen Sie doch mal krank!

Notizen aus deutschen Amtsstuben

www.tredition.de

© 2018 Gunther Britz

Verlag und Druck: tredition GmbH, Hamburg

ISBN
Paperback: 978-3-7469-9655-4
Hardcover: 978-3-7469-9656-1
e-Book: 978-3-7469-9657-8

Gunther Britz

Dann machen Sie doch mal krank!

Notizen aus deutschen Amtsstuben

Zu diesem Buch

Um eine absehbare Frage vorwegzunahmen: Ja, die nachfolgend erzählten Geschichten habe ich, so oder ganz ähnlich, selber erlebt, in verschiedenen Ämtern; es sind also *keine* Erfindungen! Manches mag etwas aus literarischen Gründen überzeichnet sein, nicht alles wurde so exakt „1:1" gesagt – es handelt sich hier um eine *Erzählung*, nicht um einen gerichtsverwertbaren Untersuchungsbericht. Im Wesentlichen entspricht jedoch alles den Tatsachen.

Da die Namen der im konkreten Fall beteiligten Personen völlig unwichtig sind, habe ich oft nur die Funktionsbezeichnung genannt; dahinter können *verschiedene* Personen stehen, wie auch die Ämter und die zitierten (jüngeren und älteren) Chefs verschiedene – also nicht in jedem Fall derselben Person zuzuordnen – sind. Soweit Namen genannt sind, sind diese selbstverständlich geändert.

Die hier erzählten Geschichten mögen dem Leser, inzidenter sozusagen, „nebenbei" auf erzählerische Weise einige Gründe dokumentieren, weshalb der Öffentliche Dienst bei vielen Menschen den Ruf hat, ineffektiv zu sein - und, das muss man fairerweise einräumen: manchmal auch *ist* - und Privatisierungen recht populär sind; obwohl auch diese keineswegs nur Vorteile haben, denn eine privatrechtliche Gesellschaft wird sich natürlich primär nicht an der Gemeinnützigkeit, sondern an Wirtschaftlichkeit und Gewinn orientieren.

In der Tat wären viele der hier erzählten Geschichten in einem privaten Unternehmen, das seine Kosten selbst erwirtschaften muss, in diesem Ausmaß jedenfalls, nur schwer vorstellbar; mancher der hier erwähnten Mitarbeiter oder Vorgesetzte wäre sicher schnell „abgelöst" worden. Allerdings – auch das weiß ich aus eigener Erfahrung – kommen Vorfälle wie die hier berichteten in größeren privaten Unternehmen, Aktiengesellschaften zumal, in ähnlicher Form ebenfalls nicht selten vor!

Andererseits aber zeugen diese von einem gewissen Maß an Humor und Menschlichkeit, was heute in vielen Unternehmen, auch im Öffentlichen Dienst, unter dem Zwang der modernen wirtschaftlichen Verhältnisse völlig unterzugehen droht. Aber was wäre ein Betrieb ohne ein paar „Originale" wie die (nachfolgend geschilderten) Dezernenten Mohr und Kronenfeld? Es muss ja nicht gleich so krass sein – ist das Problem nicht, wie so häufig, das rechte Maß?

Und so treffen wir, überall wahrscheinlich, immer auf dieselben Typen:
- Vorgesetze, die für sich selbst in Anspruch nehmen, was sie anderen ankreiden (wie zB eine Kur)

- und solche, bei denen man sich fragt, wie sie an ihren Posten gekommen waren
- Mitarbeiter und Vorgesetzte, die in *jedem* System Karriere machen könnten
- Vorgesetzte, die schlicht und einfach menschenverachtend sind („Das merkt ja sowieso keiner, wenn Sie nicht da sind!")
- Verklemmte, kauzige Typen

Und, und, und…

Zur Vermeidung von Missverständnissen sei an dieser Stelle aber auch deutlich gesagt:

Die allermeisten Beschäftigten des Öffentlichen Dienstes, auch in den hier geschilderten Ämtern, arbeiten gut, gewissenhaft und verantwortungsbewusst. Die hier erzählten Geschichten sind *auch* passiert - man kann das alles in einem Amt durchaus schon mal erleben. Sie sind sicher nicht die Regel - aber eben auch nicht die Ausnahme, bis heute nicht.

Deshalb lohnt es sich, diese festzuhalten.

I Dann machen Sie doch mal krank!

Der Sozialbetreuer Müller, hatte, wie seine Kolleg/innen auch, meist Kranken- und Geburtstagsbesuche zu machen, gelegentlich das Amt bei der Beerdigung eines früheren Mitarbeiters zu vertreten (die Amtsleitung selbst kam nur bei *aktiven* Mitarbeitern), und war auch sonst für persönliche Probleme der Mitarbeiter ansprechbar; man könnte von einem „Hausgeistlichen" sprechen. Für verdiente Mitarbeiter war das, ähnlich wie die (oft hauptamtliche) Position des „Vertrauensmanns der Schwerbehinderten", nach Inhalt und Bezahlung ein „Spitzenposten" ihrer Laufbahn; danach kam meist nur noch der Ruhestand. Sie wurden gut bezahlt – und brauchten vergleichsweise nur wenig dafür zu tun; es lag an jedem selbst, wie sehr ihn die Aufgabe interessierte und wie viel er dafür zu tun bereit war.

Müller war zwar gerade mal 50 Jahre alt, aber er fühlte sich oft nicht gut, seit längerer Zeit schon nicht, klagte viel und ließ das auch seine Kollegen und den Chef wissen. Der sprach ihn dann anlässlich einer kleinen Feier an:

Chef (grinsend): Herr Müller, wenn's Ihnen nicht gut ist, dann machen Sie doch mal ein paar Wochen krank! Das merkt doch sowieso keiner, wenn Sie nicht da sind..."

Unübersehbar: Der Chef hielt den Sozialbetreuer für überflüssig – vielleicht war er das ja auch; es gab ja auch noch zwei weitere im Hause, und unter Stress schien keiner von ihnen zu stehen. Womöglich hätte er auf sie *alle* verzichten können.

Müller ließ sich dann auch für zunächst mal für drei Wochen krankschreiben; irgendwelche Probleme gab es damit nicht. Nach den drei Wochen arbeitete er ganz normal weiter, als wenn er gar nicht weg gewesen wäre. *Warum* er aus-gefallen war, ob er „wirklich" krank war, interessierte niemanden, auch den Chef nicht; solche Fälle kamen ja häufiger vor.

*

Der Sachbearbeiter Simon, ebenfalls so um die Mitte 50, hatte nicht mehr viel Freude an der Arbeit und machte sich deshalb einen Plan, wie er das Problem lösen könnte. Den berichtete er einem neuen Kollegen seiner Dienststelle:

> *Simon: Mir reicht's langsam! Neu-lich wollten die mich noch nach Ker-zweiler versetzen – da hätt' ich ja jeden Tag 15 km fahren müssen! Da hat der Personalrat auch abgelehnt, das wäre mir nicht zumutbar.*

> *Ich hab' mir das jetzt überlegt: Ich hab' lange keine Fortbildung mehr ge-macht – da such' ich mir jetzt was aus, was nicht so stressig ist, „Die Stellung der Frau in der Gesellschaft" vielleicht, das soll ja ganz lustig sein.*

Danach mach' ich erst mal ein paar Wochen krank; ich war doch in den letzten Jahren noch nie krank gewesen, da wird es jetzt mal Zeit! Anschließend muss ich in Kur, da habe ich noch nie eine gemacht, mit 2 Wochen Nachkur natürlich. Dann muss ich ja noch meinen ganzen Urlaub nehmen; den kann ich doch nicht verfallen lassen! Und dann bleib' ich einfach zuhause, erzähl dem Arzt, „das hier im Dienst geht mir alles zu schnell, ich komm' da nicht mehr mit" – und bis das ganze Zurruhesetzungsverfahren durch ist, hab' ich wieder ein Jahr geschafft! Das ist dann gut verdientes Geld.

*

Ein junger Inspektoranwärter bekam vom Chef einen Sonderauftrag, der ihn einige Wochen beschäftigte. Danach legte er, nicht wenig stolz auf seine Arbeit, seinen recht umfangreichen Abschlussbericht zunächst, der Geschäftsordnung entsprechend, seinem Abteilungsleiter,

Herrn Bocholt, der ihn dann an den Chef weiterleiten sollte, vor. Er glaubte natürlich, dieser werde den Text zumindest durchlesen…

Inspektoranwärter: Herr Bocholt, das muss noch über Ihren Tisch! Bocholt: Geben Sie mal her – das ist schnell über meinen Tisch!

Sprach es, machte, ohne den Bericht auch nur anzusehen, mit seinem der Geschäftsordnung entsprechend blauen Stift seinen *Gesehen*-Vermerk und gab ihn dem verdutzten Inspektoranwärter kommentarlos zurück. Das Thema interessierte ihn offensichtlich recht wenig. Er hatte nur noch ein paar Jahre im Amt vor sich und ließ deshalb nicht mehr viel Engagement erkennen; dafür stichelte er öfters gerne mal – das war offen sichtlich seine Art, mit dem Frust, der sich all die Jahre angesammelt hatte, umzugehen. Dass er im Hause nichts zu sagen hatte, selbst wenn seine eigene Abteilung betroffen war – alle wichtigen Entschei-

dungen fielen nur zwischen Chef, Personaldezernent und Personalratsvorsitzenden – tat sicher ein Übriges.

*Bocholt: Ach, die jungen Kollegen
haben noch so viel Idealismus, die sind
noch so richtig bei der Sache… Ich hab'
den Krieg mitgemacht – da sollen die
sagen, was sie wollen; die Zeit, wo ich
geschafft hab', ist vorbei!*

*

Der Amtsbote Anton war quasi die
ungeschriebene „Tageszeitung" des Amtes. Kam er doch an jedem Arbeitstag bei
nahezu allen Mitarbeitern vorbei, kannte
jeden, und so wurde er schnell zum best-
informiertesten Mitarbeiter des Hauses.
Geburtstage, Dienstjubiläen und Beför-
derungen wurden, meist von ihm ange-
mahnt und koordiniert, im großen Besprechungsraum gefeiert; das begann
regelmäßig um 14 Uhr und endete exakt
mit dem offiziellen Dienstschluss um
15.30 Uhr; dann war jeder „durch die

Tür" – es sollte ja keine Überzeit anfallen;, die Freizeit war selbstverständlich tabu, auch für betriebliche Feiern.

So war denn auch seine erste Frage an drei neue Mitarbeiter, nachdem sie ein paar Tage da waren, wann sie denn ihren „Einstand" zu machen gedenken (*„Das ist hier so üblich, das müssen Sie machen!"*).

*

Der Chef hatte seine Mitarbeiter angewiesen, Arztbesuche nur *außerhalb* der regulären Dienstzeit zu machen – es sei denn, ein solcher Termin wäre nicht zu bekommen.

In nahezu allen Fällen erwies sich ein solcher Termin auch tatsächlich als „leider nicht möglich"… Einige Ärzte am Dienstort klagten, die meisten Mitarbeiter des Amtes könnten nur einen Termin, der *innerhalb* der normalen Dienstzeit liegt, annehmen.

*

Man wollte den Führungskräften wohl deutlich zeigen, dass die „guten alten Zeiten" unwiderruflich vorbei sind und dass erwartet würde, dass sie deutlich mehr arbeiten als bisher. Deshalb wurde von der obersten Dienststelle angeordnet, dass „Seminare, die der Führungsfortbildung dienen" – anders als bisher – auch am Wochenende, sogar einschließlich Sonntagvormittag, abgehalten werden.

Eine Führungskraft – sie war Mitglied eines Kirchenvorstands - sah das nicht so ganz ein und meldete sich am Sonntag um 9.30 Uhr bei der Seminarleitung ab:

„Ich geh' jetzt in die Kirche!"

Das erregte schon einiges Erstaunen unter den Kollegen – was, eine Führungskraft, die noch in die Kirche geht?? Das gibt's noch? Die Kirche war normalerweise, wenn überhaupt, allenfalls ganz am Rande Gesprächsthema. Und dass sich jemand tatsächlich in einem

Vereins- oder Kirchenvorstand, also ohne finanzielle Gegenleistung oder wenigstens Karrierevorteile, irgendwo engagierte, verwunderte nicht wenige.

*

Ähnliche Probleme hatten auch die Berufsverbände. Seitdem ihre Veranstaltungen –anders als zuvor –in die Freizeit verlegt werden mussten und ihr Einfluss auf die konkreten Arbeitsbedingungen schrumpfte, gingen auch die Mi6tgliederzahlen zurück und die Verbände versanken in Bedeutungslosigkeit.

*

Ausbilder (zu einem Azubi, während einer Fahrt in eine Außenstelle): Äh, Hannes, hau' mal den 3. Gang rein! Ich greif' irgendwie immer daneben. Habe wahrscheinlich gestern Abend zu viel „getankt". Hoffentlich kontrollieren die Bullen heute nicht wieder… da könnte ich Probleme kriegen. Und denk' dran, dass du uns morgen früh drüben im Aldi einen guten Birnenschnaps holst – wir wollen den Tag ja richtig anfangen, und du sollst ja bei mir was lernen!

**

II. Von gotischen Kathedralen, tollen Weibern und gutem Wein

Der Direktions-Dezernent Kronenfeld war ein älter gewordener, etwas „kauzig" wirkender Junggeselle, der sich nicht viel aus Frauen machte; zudem, das muss man ihm lassen, war er, der aus einer Weingegend stammte, ein wirklich exzellenter Weinkenner. Er war für viele Kollegen und Vorgesetzte schon etwas gewöhnungsbedürftig und in vieler Hinsicht ziemlich unkonventionell - er war mit Sicherheit die schillerndste Figur im Dezernentenkollegium. Auf jeden Fall verstand er es, etwas „Farbe" in den meist grauen Amtsalltag zu bringen.

Einigen seiner Kollegen stand er recht kritisch gegenüber.

Kronenfeld (zu einem Fachkollegen): Ach, wissen Sie - die stellen hier lauter Fatzkes *ein – Volkswirte, Betriebswir-*

te, und was es sonst noch an Wirten gibt – wahrscheinlich auch noch Gastwirte! Die können Sie alle in der Pfeife rauchen - die bräuchten Leute wie uns!

*

Eines Mittwochs morgens bestellte er zwei seiner Sachbearbeiter zu sich, obwohl er vom Vorabend, an dem er in der Altstadt zufällig einen Abteilungsleiter des Amtes in dessen Stammkneipe „Zahme Katz" getroffen hatte und von diesem - für Kronenfelds Verhältnisse – mit etwas zu viel Bier versorgt worden war, noch etwas „angeschlagen" war.

Kronenfeld: Herr Schulte, Sie sind doch ein gestandener Oberamtsrat! Aber wie Sie hier rumlaufen, diese alten, vergammelten Klamotten, das geht überhaupt nicht. Morgen um 8 kommen Sie mal bei mir vorbei, bringen 500 EUR mit, dann gehen wir in die Stadt und kaufen Ihnen mal einen vernünftigen Anzug!

Und Sie, Herr Obermeier, Sie müssen dringend mal was für Ihren Geist tun, Sie sind zu langsam und wissen viel zu wenig! Das werden wir jetzt mal trainieren. Die nächsten sechs Wochen kriegen Sie mittags von mir die FAZ. Sie lösen das Kreuzworträtsel, was da drin ist, und legen mir das am nächsten Tag richtig ausgefüllt vor!

Was beides dann auch geschah.

*

Ein anderer Sachbearbeiter wurde von ihm gerüffelt, weil er öfters statt in dem erwarteten ordentlichen Anzug in einem Pullover im Dienst erschien – dass dessen Kaschmir-Pullover wahrscheinlich mehr gekostet hatte als Herrn Kronenfelds ganzer Anzug, war ihm gar nicht bewusst.

*

Ein paar Wochen später sprach er einen anderen seiner Sachbearbeiter an.

Kronenfeld: Ach, übrigens, Herr Schuster, da war mir neulich aufgefallen, Sie haben überhaupt keine Ahnung von gutem Wein! Das gehört aber zur Allgemeinbildung, wie die Kunst der gotischen Kathedralen in Frankreich, von denen die meisten, die sich hier bei uns bewerben, nicht die geringste Ahnung haben – habe ich neulich erst bei einem Vorstellungsgespräch abgeprüft. Fürchterlich! Die eine kannte nicht mal die Kathedrale von Amiens, obwohl die doch das Vorbild für den Kölner Dom war. Solche Kanaillen können wir doch nicht einstellen!

Kommen Sie morgen Mittag mal bei mir vorbei, dann machen wir eine kleine Weinprobe, hier bei mir im Zimmer, ich erkläre Ihnen dann alles, dann wissen Sie Bescheid.

*

Das Verhältnis von Herrn Kronenfeld zu Frauen und speziell zu Karneval war ausgesprochen schwierig. Wenn an den Karnevalstagen nicht gerade ein freier Tag war, schloss er sich in seinem Dienstzimmer ein und war, wenn überhaupt, nur nach telefonischer Voranmeldung zu sprechen; die Sachbearbeiter hatten – so seine Anweisung – die Akten unter der Tür durchzuschieben.

Das veranlasste den Kollegen Blankenrath zu einer Nachfrage:

Blankenrath: Herr Kronenfeld, das verstehe ich nicht! Die Frauen sind doch etwas lockerer an diesen Tagen, und Sie haben doch sogar eine Couch im Zimmer – so eine Gelegenheit würde ich mir doch nicht entgehen lassen!

Kronenfeld: Diese verrückten Weiber sollen mir bloß vom Hals bleiben! Noch schlimmer sind diese schwangeren Typen, wie unsere Nachbarkollegin – die sehen doch alle so unästhetisch aus…

Was er ihr anlässlich eines zufälligen Zusammentreffens in der Kantine sogar auch selbst sagte. Auf Beschluss des Dezernentenkollegiums musste sich Herr Kronenfeld bei der Nachbarkollegin entschuldigen und ihr einen Blumenstrauß spendieren.

*

Die Karnevalstage hielten Herrn Kronenfeld aber nicht davon ab, an einem dieser Tage eine Disziplinarverhandlung durchzuführen. Der beschuldigte Beamte hielt dies zunächst für einen schlechten Scherz, musste sich aber von seinem Verteidiger, der Herrn Kronenfeld aus anderen Verhandlungen schon kannte, sagen lassen, dass die Vorladung wirklich ernst gemeint und rechtswirksam war und er eine Ordnungsstrafe riskieren würde, wenn er nicht erschiene.

Zur Verhandlung erschien dann als Protokollführerin eine Mitarbeiterin aus der Schreibstube, dem Tag entsprechend leicht verkleidet und wie eine Katze geschminkt, die Bluse mit einem unübersehbar tiefen Ausschnitt.

Kronenfeld (zu der Protokollführerin): Meine Dame, glauben Sie bloß nicht, Sie könnten damit bei mir Eindruck machen! Sie werden hier niemanden ablenken!

Die Disziplinarverhandlung klappte trotzdem, zumal die Protokollführerin ihren Ausschnitt mit einem Schal verdeckt hatte.

*

Herr Kronenfeld war nebenamtlich auch Mitglied einer Prüfungskommission. Unter den Prüflingen war eines Tages eine Kandidatin, die erkennbar schwanger war.

Kronenfeld (zu der schwangeren Kandidatin): Ich sehe, hier ist einer nicht angemeldet…

Zu einer anderen Dame:

Kronenfeld: Frau Kandidatin, wie können Sie mit solchen Beinen hier in einem solchen Rock erscheinen?

Nach einer entsprechenden Beschwerde wurde er von der Leitung des Hauses von der weiteren Mitgliedschaft in einer Prüfungskommission bis auf weiteres entbunden.

*

Herr Kronenfeld war der Meinung, dass im Hause viel zu viel geredet würde und wollte sichergehen, dass er von seinen Leuten über alles informiert wurde. Er hatte deshalb angeordnet, dass Gespräche mit allen Kollegen außerhalb des Dezernates (*„Ich betone: Das gilt für* alle!") nur mit seiner vorherigen Genehmigung geführt werden durften.

Am Dienstag rief der Vizepräsident der Direktion einem der Sachbearbeiter des Dezernats an, weil er eine kurze Verständnisfrage zu einer Verfügung des Dezernats hatte.

Sachbearbeiter: Entschuldigung, Herr Vizepräsident – ich darf Ihnen keine Auskunft geben, ich muss erst die Genehmigung von Herrn Kronenfeld einholen!"

Die Leitung der Direktion fragte sich inzwischen, ob dieser Kollege noch den Anforderungen seines Dienstes gewachsen war. Er wurde nach amtsärztlicher Untersuchung ein paar Monate später wegen „psychischer Dienstunfähigkeit" vorzeitig in den Ruhestand verabschiedet.

*

Dezernent Blankenrath besuchte einen seiner Außenstellenleiter, Herrn Meiderich, und bemerkte auf dessen Schreibtisch ein Bild mit einer gut aussehenden Frau, die sicher mindestens 25-30 Jahre jünger war als Meiderich.

Blankenrath: Mann, Kompliment, Herr Meiderich! Da haben Sie ja 'ne echt hübsche Tochter - in die könnt' ich mich auch glatt verknallen!

Meiderich: Äh... das ist meine Frau...

Blankenrath: ?!?!

Meiderich: Ach, wo ich Sie gerade sehe. Was macht eigentlich der Kollege Wetzlarsen? Den habe ich lange nicht mehr gesehen.

Blankenrath: Sie meinen unser kleines schwarzes Untier? Der hat gerade seinen Jahresurlaub und versucht, über die CDU als Bürgermeister in seinem Heimatdorf wiedergewählt zu werden.

Herr Meiderich und seine junge Frau wurden einige Jahre später geschieden – obwohl sie ihren Kolleginnen vor der Hochzeit gesagt haben soll, sie sei sich diesmal ganz sicher gewesen. Sie hatte später einen Mann kennengelernt, der zwar, wie sie sagte, überhaupt nicht ihr Typ war - er war zudem sogar *noch* ein paar Jahre älter als Meiderich – aber er hatte, das war bekannt, sehr viel Geld!

*

Die Kantine war der allseits anerkannte wichtigste Treffpunkt in der Direktion; hier wurden alle Neuigkeiten erörtert. So klagte jeder sein Leid und erzählte natürlich auch von seinen Urlaubserlebnissen.

(alle sprechen im örtlichen Dialekt)

Mitarbeiter 1: Ach, ich bin so kaputt. Ich pack' das alles nicht mehr, das geht mir alles zu schnell – ich glaub' ich geh' in den Ruhestand!

Mitarbeiter 2: Ja, Peter, geh' du mal in den Ruhestand – dann biste der „Tätste mal"… Mülleimer leeren, Einkaufen gehen, Treppen polieren… Ich sag' Dir: Deine Frau wird dich mehr auf Trapp halten als wir! Da wirst du dich nach spätestens zwei Jahren lieber reaktivieren lassen.

Mitarbeiter 3: Wir haben gerade 'ne super Kreuzfahrt gemacht. Ich hab' da einen von den Schiffsoffizieren gefragt, ob ich das Auslaufen unseres Schiffs nicht mal vom Hafen aus filmen kann... da hat der gemeint, „wenn Sie gut schwimmen können, kommen Sie danach hinterher, Sie sehen uns ja, kein Problem!"...

Das Schiff wurde frisch renoviert, haben sie uns erzählt. Da hat meine Frau dann gefragt, ja warum denn, ob das Schiff abgesoffen wäre...

Mitarbeiter 1 und 2: ???

Mitarbeiter 3: Und ich hab' ihn auch gefragt., was die tollen weißen Kugeln auf dem Deck sollen – da hat der zuerst gemeint, „ist doch tolles Design, nicht?", aber danach hat er gesagt, das seien Radargeräte drin...

Meine Frau wusste nicht, warum auf dem Schiff ganz hinten „Valentina" drauf steht. Die haben ihr dann erklärt, dass das „Valetta" heißt, nicht „Valentina", und dass das der Ort wäre, wo das Schiff gemeldet ist, ich mein' das muss irgendwo in Spanien oder Afrika sein. Und warum das Schiff so langsam ist, obwohl es viel mehr PS hat als unser Ford, der trotzdem viel schneller ist, wusste sie auch nicht. Hoho – und dann hatte sie sich noch erkundigt, ob das mit den Schwangerschaften dort auch so lange dauert wie bei uns…

Mitarbeiter 2: Phänomenal!

Mitarbeiter 1: Wir waren neulich auch mit der „Aida" weg. Da hat meine Tochter den Kapitän gefragt, als wir den zufällig getroffen hatten: „Kapitän, was machst du denn, wenn du nichts zu tun hast?".

Mitarbeiter 2 und 3: Und?

Mitarbeiter 1: Der hat gemeint, er habe immer zu tun… so wie wir, hoho!

Mitarbeiter 3: An einem Abend haben neben uns so'n paar Schweizer gesessen. Die haben dann den Kreuzfahrdirektor gefragt, ob sie als Nicht-EU-Bürger auch an der Rettungsübung teilnehmen müssen – haha, hat der gesagt, ihr könnt doch auch absaufen, da hilft euch eure Eidgenossenschaft nicht! Der fand das wohl richtig witzig...

Und dann hat der eine von denen noch wissen wollen, ob sie auf dem Dampfer Kabel-oder Satellitenfernsehen haben. Der Kreuzfahrdirektor hat ihn beruhigt: „Wir haben da auf dem Heck einen mit einer großen Kabeltrommel stehen – aber leider das Kabel ist manchmal nicht lang genug!"

Und der andere wollte wissen, warum sie mit dem Dampfer nicht auch mal von Zürich oder Bern losfahren...

Mitarbeiter 1 und 2: ???

Mitarbeiter 1: Ich hab' früher in Berlin – genauer: West-Berlin – gewohnt. So um 1983 rum waren wir in Malle, und da haben wir Leuten, die wir dort kennengelernt hatten, gesagt: „Die Anreise in den Urlaub ist immer schwierig für uns, weil wir noch durch die DDR müssen", das war ja damals so… Da hatten die gemeint: „Dann nehmt doch eine andere Strecke!"

Mitarbeiter 3: Am letzten Wochenende waren wir in einem schönen Café an der Loreley, direkt am Rhein. Ich hab' mich nur gefragt, was machen die, wenn sie hier mal das Wasser ablassen…

Mitarbeiter 4: Meine Frau war jetzt mit ihrer Schwester für ein paar Tage in Rom. Ihre Schwester hatte gemeint, in Rom müsse es doch bestimmt viel zu sehen geben, da wären doch schon die Römer gewesen…

Das Dezernentenkollegium, das einen Tisch weiter saß, war eine gemischte Runde, zu dem auch einige „Originale" wie Herrn Kronenfeld gehörten. Ein anderer, Volkswirt „mit Leib und Seele", war berüchtigt für seine Monologe, die er gerne beim Kaffee vortrug. Da er gerne feierte, und das nicht selten bis in die frühen Morgenstunden, so dass man ihn morgens nach Möglichkeit nicht vor 10 Uhr ansprach, führte er auch den Spitznamen „Der Boozer" (nach dem engl. *to booze* = saufen).

Dezernentin: Ich bin doch nicht blöd und lass mich auf's Kreuz legen und mir Kinder andrehen! Das würde den Männern so passen!

Dezernent 1 (grinst): Frau Kollegin, so einfach geht das nicht mit dem Kinderkriegen, ohne auf's Kreuz legen…

Dezernent 2: Ich würd' das nicht so negativ sehen. Wenn unsere Forschung so weitermacht, vielleicht bekommen ja dann bald die Männer *die Kinder, und die Frauen haben dann freie Bahn hier…*

(Heitere Stimmung; nur die Dezernentin ist stocksauer)

Dezernent 4: Ich hatte jetzt eine Woche lang Besuch von Frau Dr. Baller, unserer allseits bekannten Personalwirtschaftsaufsicht… die hat mit ihren Baller-Männern alles aufgemischt! Ich sag' euch, die und ihre Truppe, die sind wie ein Krebsgeschwür, breiten sich überall aus, da gibt es keine Dienststelle, wo die nicht ihre IM hat! Man könnte auch sagen: Das ist ungefähr fast schon so wie im alten Ägypten, wo eine Heuschreckenplage durchgezogen war…

Dezernenten 1 und 3: Bei uns haben die sich auch schon angemeldet! Vielleicht streichen die uns so zusammen, dass einer von uns beiden überflüssig wird.

Dezernent 3 (Der Boozer, doziert): Wir müssen uns noch über die Internalisierungsaktion unterhalten! Viele von Ihnen wissen da überhaupt nicht

Bescheid. Deshalb: Durch die Internalisierung externer Effekte soll die volkswirtschaftliche relevante Fehlallokation, also das Marktversagen, beseitigt werden. Die Internalisierung externer Effekte führt zur Übereinstimmung zwischen privater und gesamtwirtschaftlicher Rentabilitätsrechnung und somit zum Pareto-Optimum. In der Umweltpolitik ist eine vollständige Internalisierung externer Effekte wegen der Probleme einer ökonomischen Bewertung der Umweltschäden sowie der Verursacher nicht möglich. Das Verursacherprinzip kann jedoch als Leitbild der Umweltpolitik, also umweltpolitische Leitbilder, dienen, welches durch das Gemeinlastprinzip und durch das Vorsorgeprinzip ergänzt wird. Eine Internalisierung externer Effekte kann durch unterschiedliche Instrumente erfolgen. Bei einer geringen Anzahl Beteiligter und einem guten Informationsstand der Beteiligten sind Verhandlungslösungen möglich,

das Coase-Theorem! Nimmt die An-
zahl der Beteiligten zu, so bieten
sich Ökosteuern und Zertifikate an…

Am Tisch breitet sich Müdigkeit aus…

*

Eine Kantinenangestellte telefoniert
währenddessen an der Theke ausgiebig
mit einer Bekannten, den Kantinenbesu-
chern, die sich noch einen Nachtisch ho-
len wollen, den Rücken zugewandt. Inzwischen ist die Warteschlange auf 12
Leute angewachsen und es entsteht Un-
ruhe, zumal die Pause dem Ende entge-
gengeht.

Kantinenangestellte (ins Telefon);
Marianne, tut mir leid, ich muss leider
aufhören, die Leute hier werden lang-
sam bös! Ich bin wirklich die ärmste
Frau von der ganzen Stadt! Ich ruf'
dich gleich zurück.

*

Ein Abteilungsleiter der Direktion hatte, für jedermann unübersehbar, einen

überdimensional großen Wecker auf seinem Schreibtisch aufgestellt. Auf die Frage eines Mitarbeiters, was das denn für einen Grund habe, erklärte er:

Abteilungsleiter: Damit ich den Dienstschluss nicht verschlafe!

*

Nachdem es wegen diverser Abrechnungen zum Streit mit Kollegen gekommen war, ermahnte der Dezernent seinen zuständigen seinen Sachbearbeiter, bei den Abrechnungen nicht mehr so extrem pingelig zu sein.

Zwei Wochen später wurde der Dezernent zu seinem Abteilungsleiter – der die Abrechnungen zu unterschreiben hatte – zitiert.

Abteilungsleiter: In einer Abrechnung von Ihnen habe ich gesehen, da wurden 3,25 Euro zu wenig berechnet! Warum haben Sie die abgezeichnet? Hatten Sie den Fehler nicht gemerkt? Ich hatte Ihnen schon am 25.4. dieses

Jahres um 14.10 Uhr gesagt: Ich habe den Eindruck, ich kann mich nicht auf Sie verlassen!

Er hatte tatsächlich alles selbst bis ins letzte Detail nachgerechnet… Während die meisten Abteilungsleiter nur die wichtigsten Personalunterlagen in ihrem Büro hatten, sah sein Zimmer dementsprechend eher aus wie das eines Sachbearbeiters; überall lagen Akten und Pläne rum, seine Akten konnten die zahllosen Kopien von Verfügungen und Aktenvermerken nicht mehr fassen. Er wollte jederzeit nachweisen können, was er wem gesagt hatte. Manche Kollegen fragten sich danach, ob dieser Abteilungsleiter wirklich ausgelastet war.

Der Sachbearbeiter aber fühlte sich bestätigt – *„Sie sehen ja, ich bin noch nicht pingelig genug!"*.

*

Einigen Kollegen fiel auf, dass die Bauabteilung mit ihren Vorhaben nicht nachkam. Zwei Mitarbeiter aus einer anderen Abteilung der Direktion versuchten, dem Problem näher zu kommen.

Mitarbeiter 1: Die in der Bauabteilung kommen einfach nicht nach…

Mitarbeiter 2: Ich hab' neulich noch mit einem von denen darüber geredet. Er hat gemeint, er muss ja zunächst einmal mit seinem Nachbarn klarkommen, den kann er nicht im Stich lassen, das sei doch wichtiger als der Kram hier! Dem hilft er bei dem Ausbau seines Hauses, und bis zum Frühjahr müssen die Pläne fertig sein. Gestern war er um 2 aus dem Dienst abgehauen, weil er mit dem Nachbarn seinem Architekten noch was bereden musste… klar, für den hat der Tag ja auch nur 24 Stunden, und mit dem Nachbarn muss er klarkommen, da muss er hier mit den Plänen halt etwas langsamer machen.

Der Meier, der hat mit ihm eine Fahrgemeinschaft, hat auch schon ge-

schimpft, dass sie oft erst so spät nachhause kommen, weil der auf dem
Rückweg oft noch bei Bekannten vor-
beifahren und mit denen irgendwelche
Pläne abchecken muss. Und wenn man
ihm das vorhält, flippt er gleich aus,
dieser Giftzwerg! Dabei hat der Kronenfeld neulich noch gesagt, Nebentä-
tigkeiten seien auf jeden Fall genehmi-
gungspflichtig, und das gelte auch für
die Amtsärzte und die Bauabteilung,
da gibt's nur wenige Ausnahmen, etwa
wenn du irgendwas wissenschaftliches
in Fachbüchern schreibst oder ähnliches.

Mitarbeiter 1: Aber ist dieser Giftzwerg nicht neulich erst sogar noch be-
fördert worden?

Mitarbeiter 2: Ja, das hat uns auch
gewundert – aber der Präsident meinte, sie hätten diesmal so viele Planstel-
len bekommen, dass sie an ihm nicht
mehr vorbeikommen. Aber er hat ver-
sprochen, sich zukünftig mehr für das

Amt zu engagieren - soweit ihm das möglich ist, natürlich.

Mitarbeiter 1: Viel liegt auch daran, dass sie von ihrem Dezernenten, einem richtigen Künstler-Typen, oft ihre Entwürfe zur Überarbeitung zurückkriegen. Und dann muss immer noch „Kunst am Bau" dabei sein - auf die paar Tausende, die das zusätzlich kostet, kommt es auch nicht mehr an, Hauptsache, es sieht gut aus, meint der!

*

Der Chef der Bauabteilung pflegte gelegentlich die aktuellen Baustellen seiner Mitarbeiter zu besichtigen.

Chef der Bauabteilung (zu seiner Mitarbeiterin): Frau Kempen-Willich, heute haben wir schönes Wetter, da muss ich nochmal rausfahren! Suchen Sie mir mal ein paar von unseren Baustellen raus, irgendwelche, die nicht so weit weg sind, ich habe da keinen

Überblick mehr. Der Termin heute um 3, da kommt sowieso nichts raus, da soll der Schumacher mich vertreten.

*

Das Zimmer des Präsidenten sollte von Grund auf renoviert werden. Der Personalrat bestand darauf, dass, wenn das Zimmer des *Ersten* in der Hierarchie renoviert werden sollte, auch das des *Letzten* - gemeint war die Pförtnerloge - renoviert werden müsse. So geschah es dann auch.

Der Pförtner aber fiel, samt seiner neuen Loge, ein Jahr später dem neuen „Lean Management" zum Opfer; man fand, es ginge auch ohne ihn.

*

Der Präsident der Direktion war ein überaus gewissenhafter Chef, der weithin „unsichtbar" und mit eisernen Prinzipien regierte. Seine Direktion wollte er unbedingt in allem im Griff haben; jegliche Gespräche, einschließlich Telefonate, mit der Direktion vorgesetzten Dienststellen bedurften offiziell seiner vorherigen Genehmigung. Die von ihm verfügten Rücksprachen wurden in seinem Büro eigens nummeriert und deren restlose Erledigung gnadenlos überwacht. Es sollte bloß keiner „vergessen"!

Er war meist bestens gelaunt, freundlich-lächelnd zu jedermann, herrschte aber dessen ungeachtet wie ein Fürstbischof der Barockzeit – dementsprechend hatten seine Dezernentenbesprechungen eine gewisse Ähnlichkeit mit Pontifikalämtern, nur dass Weihrauch, Mitra und Krummstab fehlten. Widerworte gab man ihm tunlichst nicht, dann konnte man mit ihm klarkommen. Bei ihm galt, wie ein Dezernent mal anmerkte, das alte römische Motto „Teile und herrsche!"; so spielte er oft seine Abteilungsleiter gegeneinander aus, so dass er „freie Bahn" hatte. Man hatte den Eindruck, seine wichtigsten Vertrauenspersonen waren - wahrscheinlich in dieser Reihenfolge -

der Fahrer, der Pförtner und der Persönliche Referent; Abteilungsleiter und Dezernenten kamen in der Regel erst danach.

Der Persönliche Referent war die „Diplomatie in Person"; gegenüber jedermann stets freundlich lächelnd, äußerst verbindlich im Ton, wenn ach natürlich in allem die „Stimme seines Herrn" – niemand hatte ihn im Dienst je ohne Anzug, weißem Hemd und Krawatte gesehen. Man konnte aber trotzdem nichts Negatives über ihn sagen.

Eines Tages war über die Besetzung einer Beförderungsstelle zu entscheiden.

Personaldezernent: Exzellenz, wir müssten noch über die Besetzung der neuen Planstelle entscheiden, wenn ich mir erlauben darf, Ihnen das vorzuschlagen.

Präsident: Ja, ist in Ordnung – Sie haben das sicher gut vorbereitet! Da

hätten wir ja vier Kandidaten. Ich hab'
mir die mal näher angeschaut...

Der Krafft kommt nicht in Frage;
der ist viel zu aufmüpfig. Mitarbeiter,
die meine Anweisungen kritisieren o-
der womöglich noch hinterfragen, kann
ich nicht gebrauchen - die glauben
wohl, sie sind schlauer als ich! Also
den Krafft will ich da auf gar keinen
Fall haben!

Und der Baier? Ich habe aus
Pförtnerkreisen gehört, der hat eine Af-
färe, obwohl er doch verheiratet ist;
mein Fahrer und mein Persönlicher
Referent haben das auch gesagt– so
was kann ich nicht durchgehen lassen.
Fachlich mag er ja gut sein, aber für
einen Beförderungsposten ist er trotz-
dem denkbar ungeeignet.

Und der Berwanger, der hat einfach
nicht das richtige Benehmen. Als ich
neulich bei dem seinen Geburtstag
war, habe ich nach einer halben Stunde
mit einem leeren Glas da gesessen, und

mit mir hat er sich nur am Rande unterhalten, als wäre ich einer seiner Kollegen – das geht doch gar nicht!

Also nehmen wir den Zimmermann – fachlich ist er nicht so gut, aber mit ihm bekommen wir keine Probleme; ich habe jedenfalls noch keine mit dem gehabt. Außerdem hat der drei Kinder und könnte etwas mehr Geld gut gebrauchen!

*

Der Präsident sah sich veranlasst, in seinem Hause für Ordnung zu sorgen „verdonnerte" bei einer der regelmäßigen monatlichen Dezernentenbesprechungen seine Abteilungsleiter und Dezernenten:

Präsident: Wenn ich eine Vorlage an den Personalrat unterschrieben habe, will ich dazu von niemandem mehr etwas hören. Es soll bloß keiner wagen, ohne meinen ausdrücklichen Auftrag mit dem Personalrat oder sonst jeman-

den darüber zu sprechen; der Allmächtige möge das verhüten – sonst ist was los!

Im übrigen: Mein Fahrer hat mir gesagt, da ist demnächst wieder mit einem Streik zu rechnen. Falls das so kommen sollte, gucken Sie bitte, wie Sie damit klarkommen, dass wir bald wieder Ruhe kriegen - ich will davon nichts hören!

Und halten Sie sich bitte immer an die Geschäftsordnung! Die ist Ihre Bibel.

Ach so: Wer am Rosenmontag den Umzug gucken will, kann das machen und - sagen wir nach 13 Uhr - ausnahmsweise mal eher aus dem Dienst verschwinden.

Abteilungsleiter: Eure Exzellenz...äh..., gilt das auch, wenn man den Zug im Fernsehen gucken will?

Präsident: Herr Kollege, es gibt Fragen, die stellt man nicht…

*

Der Präsident hatte angeordnet, dass jeder Mitarbeiter der Direktion, der, wenn auch nur für eine Viertelstunde, in der Pause das Haus verlässt, sich in seinem Büro abzumelden habe. Einem Dezernenten, der dies allzu genau sah und sich eines Tages im Präsidialbüro „zum Toilettenbesuch" abmeldete, wurde für einen etwaigen Wiederholungsfall ein Disziplinarverfahren wegen „ungebührlichen Verhaltens" – was wohl eine moderne Umschreibung für den alten Straftatbestand der *Majestätsbeleidigung* sein sollte – angedroht.

*

Desgleichen verfügte er, dass Mitarbeiter, die öffentliche politische oder kulturelle Veranstaltungen am Dienstort besuchen wollten, dies vorher ihm zu melden hatten, denn er wollte wissen, wen er dort treffen könnte – oder, wie manche vermuteten, eben *nicht* treffen wollte.

*

In der Geschäftsordnung war recht genau geregelt, wer was zu unterschreiben hatte und wer vor oder nach dem Abgang eines Schreibens zu beteiligen war; trotzdem aber es gab gelegentlich auch Fälle, in denen nicht ganz klar war, wie zu verfahren wäre.

Eines Freitags hatte ein Dezernat eine recht heikle Sache zu entscheiden, und der neue Kollege, der die Sache bearbeitet hatte, wusste nicht so genau, wer – Präsident, Abteilungsleiter oder Dezernent – nun hier zu unterschreiben hätte. Die normalen Alltagsgeschäfte: Kein Thema – aber wie war das mit schwierigeren Sachen?

Neuer Mitarbeiter (zu seinem Dezernenten): Ich glaube, das kann ziemlichen Ärger geben – muss da nicht der

Präsident, oder wenigstens der Abteilungsleiter, unterschreiben?

Dezernent: Nein, die auf gar keinen Fall – wenn etwas Ärger bringen kann, unterschreiben Sie!

Mitarbeiter: ???

Dezernent: Überlegen Sie doch mal: Wenn es wirklich Ärger geben sollte, wird der Präsident als erster von der Presse oder der Regierung gefragt. Wenn er den Vorgang nicht gesehen hat, kann er ja guten Gewissens sagen, „davon habe ich leider nichts gewusst, das hat irgendein nachgeordneter Mitarbeiter gemacht", und die Sache verpufft bald. Hätte er jedoch selbst *unterschrieben, wäre das Rausreden schon schwieriger… hier gilt immer „niedriger hängen!"! Alles klar?*

*

Der Dezernent gab dem jungen Kollegen noch ein paar weitere Tipps:

Dezernent (zu einem neuen Kollegen): Und noch was, junger Kollege. Ich würde Ihnen empfehlen, dass Sie in den Direktionssitzungen das erste halbe Jahr erst mal gar nichts sagen, bis Sie einigermaßen den Überblick haben. Sie müssen wissen: Da wird zwar viel vom „kritischen Mitarbeiter" geredet, so ähnlich wie in der Kirche von dem „mündigen Christen" – ja,, „mutige Vorschläge" sollen wir machen; das hat der Papst auch gesagt – aber wer da zu viel sagt oder gar wagt, etwas, was hier üblich ist, in Frage zu stellen, ist sehr schnell „unten durch", gilt dann als „Bedenkenträger" oder „schwieriger Mitarbeiter" – der ist „weg", die nächste Zeit jedenfalls, da steht der dann so schnell nicht mehr auf! Das ist bei uns nicht viel anders als in der Kirche – da sind ja schon selbst Bischöfe abgelöst worden, wie der Gaillot in Frankreich, weil sie wirklich *mutig waren. Also versuchen Sie gar nicht erst, aufzumucken – egal,* ob es um die Kantinenordnung oder die neuen Beschaffungsvorschriften geht.

Am besten, Sie nehmen erst mal alles so wie es ist, ohne irgendwas zu hinterfragen. Denken Sie sich Ihren Teil, aber machen Sie bloß, was die wollen – sonst kriegen Sie eine schlechte Beurteilung und dann können Sie sehen, wo Sie bleiben! Dann werden Sie auf einen Posten abgeschoben, den keine Sau machen will, wie etwa „Beschaffung", unser berüchtigtes „Bindfaden-Dezernat" – „kaltgestellt" sozusagen, wie in der Politik. Machen Sie sich da bloß keine Illusionen: Da werden sie schon ein paar Jahre brauchen, bis Sie da wieder aufstehen können!

Und, auch wichtig: Ziehen Sie sich immer korrekt an! Möglichst Anzug und Krawatte. Sonst meinen die schnell, Sie wären nicht mit dem nötigen Ernst bei der Sache. „Alternativ" geht gar nicht. Und vergessen Sie nicht: Sie sind hier nicht mehr an der Uni - diskutiert wird hier nicht! Über die antagonistische Gesellschaft nicht und über dienstliche Anordnungen schon gar nicht. Was der Chef sagt, wird gemacht, ohne groß nachzufragen, so wie früher bei den Königen!

Und auch nicht vergessen: Sie brauchen „Beziehungen", und zwar die richtigen. Ich sag' Ihnen: Sie können fachlich noch so gut sein –wenn Sie nicht auch die richtigen Leute haben, und zwar zur richtigen Zeit am richtigen Ort, nützt Ihnen das überhaupt nichts! Da sollten Sie Ihre idealistischen Vorstellungen aus früheren Zeiten am besten ganz schnell vergessen. Was meinen Sie denn, wie unsere Ober-Chefs an die Macht gekommen sind? Klar, blöd sind die alle nicht – aber ohne die entsprechende Protektion von der richtigen Stelle wäre da gar nichts gelaufen. Unser Präsident zum Beispiel hat einige Jahre in der obersten Dienstbehörde gedient und sich dort immer gut an die Chefs gehalten. Irgendwelche Moral interessiert da niemanden! Das hat schon der alte Brecht gesagt –lesen Sie mal „Mahagonny"! So viel anders läuft das bei uns auch nicht.

Übrigens, was die Gewerkschaft betrifft: Da müssen Sie auf jeden Fall reingehen! Ohne die Unterstützung von denen – oder vom Personalrat, was in der Praxis dasselbe ist – passiert hier gar nichts, da kommt kein Kollege weiter. Und sollten Sie die sogar gegen sich haben, werden Sie keinen Millimeter mehr weiterkommen. Da werden zwar gelegentlich mal Schaukämpfe geführt, wegen Streiks oder so, aber das ist danach alles schnell wieder vergessen; danach machen die eine „Nichtmaßregelungsklausel", eine Art Generalamnestie also, und gehen zusammen einen trinken. Die da oben wollen vor allem ihre Ruhe haben; er Laden muss laufen – vergessen Sie das nie! Auch wenn es so aussieht, dass unser *Präsident und unser Personal-ratsvoritzender nicht zusammen passen - zusammengerauft haben sie sich bisher* immer, *und eigentlich verstehen sie sich ganz gut...*

Und nochmal das wichtigste: Mucken Sie bloß nicht auf! *Und – um Himmels willen - passen Sie auf, dass Sie nicht als „Bedenkenträger" eingestuft werden - dann können Sie sich gleich wegbewerben. Ihre Meinung interessiert hier niemanden! Am besten, Sie fallen gar nicht weiter auf.*

*

Eine der eisernen Regeln des Präsidenten war:

> *Jeder darf einmal im Jahr an einem Fortbildungsseminar teilnehmen.*

Darf, muss nicht... im Klartext: *Solle* möglichst nicht!

Veranstaltungen dieser Art grenzten für ihn an Zusatzurlaub – die Leute sollten gefälligst ihre reguläre Arbeit machen! Auf über unmittelbar dienstlich zwingend erforderliche hinausgehende, insbesondre allgemeinbildende, Weiterbildung wurde kein Wert gelegt. Seminare, die zudem noch an touristisch interessanten Orten wie zB Garmisch-Partenkirchen stattfanden, waren sowieso suspekt; die Teilnahme an solchen Seminaren wurde nur genehmigt, wenn diese wirklich absolut notwendig oder – selbstverständlich - von einer vorgesetzten Stelle angeordnet worden waren.

*

Auch wenn sich manche im Dienst für mächtig hielten – zuhause hatten sie in manchem Fall nicht viel zu melden. Das trug vielleicht dazu bei, dass sie nicht selten ausgesprochen unbeholfen und völlig humorlos wirkten und für jedermann sichtbar schlechte Laune hatten, was sich unter anderem darin äußern konnte, dass sie den ganzen Tag über grußlos an ihren Mitarbeitern vorbeiliefen.

Abteilungsleiter (zu seinem Dezernenten): Herr Schäfer, meine Frau hat mir gestern gesagt, „ich kann mir gar nicht vorstellen, dass du im Amt so ein hohes Tier sein sollst – für mich bist du gar nichts!" – Herr Schäfer, was meinen Sie dazu?

Schäfer (nach einigem Überlegen, ratlos): Da kann ich Ihnen nichts zu sagen – ich bin doch nicht Ihre Frau…

Gott sei Dank, dachte er.

Der Abteilungsleiter musste, nachdem er in den Ruhestand gewechselt war, die gemeinsame Wohnung verlassen und weit weg, zu einem seiner Kinder, ziehen.

*

Er hatte einen häufigen Wechsel seiner persönlichen Mitarbeiterinnen – sie hielten es offensichtlich nicht lange in seinem direkten persönlichen Umfeld aus. Einige von ihnen änderten zudem infolge diverser Hochzeiten und Scheidungen auch ein paar Mal ihren Namen…

Abteilungsleiter: Frau Kiefer – äh: Groß-Kiefer – äh: Rad…äh…

Mitarbeiterin: Radberger!

Abteilungsleiter: Ja…äh… Radbrecher, Entschuldigung! Können Sie mich mal mit Herrn Eder verbinden? Ich hab' den jetzt schon dreimal aus der Leitung rausgeschmissen…Mit der neuen Telefonanlage komme ich nicht klar!

Das Gespräch kam erst zustande, nachdem Herr Eder selber zurückgerufen hatte.

*

Unter Kollegen gefürchtet waren die vom Berufsverband veranstalteten Treffen mit den Pensionären. Die Teilnahme war zwar nicht Pflicht, wurde aber von dem Präsidenten erwartet, und so erschienen die meisten.

Einmal stand die Besichtigung eines steinzeitlichen Menhirs – ein Pensionär wohnte in der Nähe - auf dem Programm.

Pensionär (doziert): Der Stein besteht aus einem hellen Sandstein und wurde wahrscheinlich am Ende der Jungsteinzeit, ca. 2000 v. Chr., errichtet. Er wird mit einem prähistorischen Ahnenkult in Verbindung gebracht.

Fast 4000 Jahre blieb der Stein unversehrt, doch nach Beginn des Zweiten Weltkrieges befürchteten Offiziere der Wehrmacht, er könnte aufgrund seiner exponierten Stellung in der Landschaft als „Richtpunkt für die französische Artillerie" dienen. Daraufhin legten Pioniere den Stein im Jahre 1939 nieder. Die Soldaten richteten dafür eine mit Stroh gefüllte Grube her, die jedoch zu kurz berechnet war. Beim Umlegen riss das Seil, so dass der Stein stürzte, dabei auf der Kante der zu kurzen Grube aufschlug und in vier große und einige kleine Teile zerbrach. Auf Betreiben des Bürgermeisters wurden im November 1951 die Teile mit Beton – wegen der breiten Fugen nicht ganz fachmännisch – wieder zusammengesetzt und der Stein erneut aufgerichtet.

Experten schätzen, dass die Nische mit dem Kreuz wahrscheinlich erst 1809 eingemeißelt wurde und christliche Kultgegenstände wie Kreuze, kleine Heiligenfiguren und Kerzen hierin Platz fanden. Der heidnische Stein bekam so eine christliche Bedeutung. Unter der Nische sind Fragmente einer menschlichen Figur reliefartig eingehauen. Zwei Beine mit Füßen, Teile des Rumpfes, der Kopf und ein Arm mit Hand sollen eine vorgeschichtliche Götterfigur darstellen, die an den keltischen Wettergott erinnert...

Nachdem ein neuer Präsident nicht mehr so viel Wert auf solche Treffen legte – warum auch, die bringen doch nichts für den Dienst! – und auch, wie bereits angemerkt, der Berufsverband deutlich an Bedeutung verlor, schliefen Treffen dieser Art unbemerkt und friedlich ein.

**

III. Von schillernden Hausmeistern und Weinbergen

Ein mit Hausmeisteraufgaben betrauter Mitarbeiter der Hausverwaltung wurde zum Chef bestellt, weil er seinen Pflichten nicht mehr richtig nachkam. Dazu trug er vor, ihm sei bei seinen Kontrollgängen häufig schwindlig, er wisse nicht mehr, wo die Kontrolluhren hängen, er könne auch keine Treppen mehr laufen, die „komplizierten" Anweisungen der Hausverwaltungsleitung verstehe er auch nicht mehr.

Dann wurde jedoch bekannt, dass er in dem örtliche Sportverein regelmäßig Schwergewichtstraining macht; zudem auch, dass er bei seinen Spaziergängen durch die Innenstadt in der Mittagspause schon mal irgendwelche Passanten mit dem „deutschen Gruß" grüßte – wobei er sich, wie er dazu sagte, gar nichts weiter gedacht hatte; er wisse gar nicht, was an diesem Gruß falsch sein solle..

Offensichtlich gab es hier ein eher *psychisches* Problem; der Mitarbeiter wurde vom Dienst freigestellt und nach einer amtsärztlichen Untersuchung in die Rente verabschiedet.

*

Ein aus Syrien stammender Besucher reichte einen Antrag ein – ausgefüllt lediglich in arabischer Sprache.

> *Sachbearbeiter (zu dem Syrer): Das kann doch keine Sau lesen - das kannst du nach Damaskus schicken, mit der Kamelpost!*

Der Syrer beschwerte sich darüber beim Chef; der Mitarbeiter wurde ermahnt, sich auch gegenüber ausländischen Besuchern respektvoll zu verhalten und jegliche diskriminierende Bemerkung zu unterlassen.

*

Ein Mitarbeiter hatte einen Bescheid des Amtes ausnahmsweise dem Empfänger *persönlich* zu übergeben. Er fuhr zu der Wohnung des Empfängers, traf diesen aber – vermeintlich - nicht an und hinterließ eine Nachricht, dass der Empfänger den Bescheid bitte im Amt abholen möge. Dieser erschien dann und fragte recht verärgert, warum man ihm den Bescheid denn nicht zuhause ausgehändigt habe, er sei doch da gewesen. Der Mitarbeiter des Amtes wurde deshalb zur Rede gestellt und erklärte dazu:

> *Mitarbeiter: Ich hab' den ja übergeben wollen, aber da war keiner zuhause - nur so ein Italiener arbeitete im Garten!*

Das *war* der Empfänger.

*

Im Frühherbst stieg der Krankenstand im Hause jedes Jahr regelmäßig stark an, so dass Aushilfskräfte eingestellt werden mussten; das war schon in der jährlichen

Personaleinsatzplanung so berücksichtigt. Ein Vertreter des Personalrats versuchte, das einem neuen Abteilungsleiter – ihm war das nicht einleuchtend - zu erklären.

Personalrat: Sie sind wohl nicht von hier, oder? Da müssen Sie doch Verständnis für haben – unsere Kollegen und Kolleginnen haben doch fast alle Familien und müssen denen in der Landwirtschaft oder in den Weinbergen mithelfen, wie soll das sonst gehen... und einige müssen auch vor dem Winter noch mit ihrem Hausbau fertig werden! Wie sollen die denn das machen? Wir können doch nicht verlangen, dass die dafür auch noch ihren Urlaub opfern!

*

Es gab aber auch das gegenteilige Problem:

Abteilungsleiter (zu einem Mitarbeiter): Kurt, du machst nächste Woche eine Fortbildung!

Mitarbeiter: Wieso? Was für eine denn? Ich war doch vor ein paar Wochen erst!

Abteilungsleiter: Das ist egal - einer muss nächste Woche aus der Buchung raus, irgendwie „nicht im Dienst", sonst habe ich zu viele Leute an Bord. Ich könnte dich gar nicht buchen! Von mir aus mach' 'ne Woche krank, das ist mir egal; Hauptsache, du bist nicht im Dienst.

*

Der Sachbearbeiter Hansen kam nach zwei Wochen Urlaub wieder in den Dienst. Einige Kollegen meinten, er sehe aber müde und abgespannt aus – obwohl er doch gerade aus dem Urlaub komme.

Abteilungsleiter: Da müssen wir Verständnis haben. Einige unserer Leute brauchen eben die ersten Wo-

chen im Dienst, um sich von ihrem anstrengenden Urlaub zu erholen!

*

Der Abteilungsleiter Eduard Jaeger, der früher selbst in Personalunion viele Jahre der Chef sowohl des örtlichen Personalrats wie auch der örtlichen Gewerkschaft war - wegen seiner strengen Art führte er im Hause den Spitznamen „Messer-Ede" - hatte sich mit einem Personalratsmitglied, Herrn Müller, gestritten und berichtete sodann darüber in einer Besprechung der Amtsleitung:

> *Jaeger: Ich hab' denen mal ordentlich Bescheid gesagt, da sind sie auf dem Kopf wieder rausgegangen! Und dem Müller hab' ich gesagt: „Müller, du bist so dumm wie du klein bist, und du wirst ja auch noch immer kleiner - und das schlimmste ist, beides ist unkorrigierbar!*

Solch einen Ton gegenüber einem Mitglied des Personalrats hätte sich niemand sonst im Hause, selbst der Chef nicht, erlaubt.

*

Eine Außenstelle des Amtes bekam eine neue Leiterin.

> *Chef (zu einem Abteilungsleiter): In Hilchenbroich die haben eine neue Außenstellenleiterin bekommen – der Sozialbetreuer war auch schon da! Wie ich von dem gehört habe, muss das eine ganz attraktive Frau sein... Das sollten wir zum Anlass nehmen, mal rauszufahren und uns die mal näher anzuschauen; das können wir ja gut als „außerplanmäßige Revision" verkaufen... Der ganze Papierkram hier hat Zeit bis morgen!*

*

Der Organisationsreferent Johannes Schulte war im Hause bekannt dafür, dass er gerne provozierte und eine „tierische" Freude daran hatte, wenn er Stellen streichen („künftig wegfallend") oder zumindest die - für das Gehalt relevante - Bewertung der Arbeitsplätze ihrer Mitarbeiter senken konnte – was ihm den Spitznamen „Schinderhannes" (nach dem Räuberhauptmann aus dem Hunsrück) einbrachte.

An einem Karnevalsmontag hing ein unübersehbares, DIN A 1- großes Plakat an der Türe seiner Dienststelle, mit folgender Aufschrift:

Das ist unser Beitrag zu den Tollen Tagen:

3 Außenstellen aufgelöst

4 Stellen im Gehobenen Dienst ersatzlos gestrichen

5 Stellen im Gehobenen Dienst um 1-3 Stufen abgewertet

10 Stellen im Mittleren Dienst gestrichen

14 Stellen im Mittleren Dienst um 1-3 Stufen abgewertet

4 Stellen in Gehobenen Dienst in den Mittleren Dienst verschoben

Weitere Maßnahmen vorbehalten!

Alaaf!

Euer Organisationsreferent

*

Der Vizepräsident der vorgesetzten Direktion hatte nicht mehr viele Dienstjahre vor sich und war bei Eingeweihten bekannt dafür, dass man ihn – wenn er überhaupt im Dienst war; oft war er krankgeschrieben oder in Ehrenämtern, für die er vom normalen Dienst freigestellt wurde, unterwegs - möglichst nicht mit dienstlichen Fragen stören sollte; allenfalls Antiquitäten interessierten ihn. Für seine Dezernenten war das nicht unbedingt von Nachteil; mehr als zwei Rücksprachen im Jahr waren selten.

Eines Tages hatte er – es ließ sich nicht vermeiden, da der Präsident selbst für zwei Wochen krankgeschrieben war -

fünf Zurruhesetzungsurkunden auszuhändigen. Zeugen berichteten später, als der letzte seine Urkunde ausgehändigt bekam (*„Sie sind ja erst Ende 40 – Sie werden wohl krank sein – alles Gute!"*) , sei der erste schon wieder draußen gewesen.

*

Eines Frühjahrs wurde die Region von einer Grippewelle heimgesucht.

Abteilungsleiter zum Vizepräsidenten: Jupp, der Alte ist zwei Wochen krank – mach' du mal Präsident!

Vizepräsident: Hat das nicht noch zwei Wochen Zeit?

*

Eine Zeitlang gab es für sog. „mittlere" Führungskräfte – sie hatten ungefähr 6-10 Leute unter sich - den Titel „Gruppenführer". Nachdem es immer wieder vorgekommen war, dass diese (scherzhaft natürlich) von ihren Leuten mit „Mein

Führer" angeredet wurde, änderte die Amtsleitung den Titel in „Teamleiter". Klingt ja auch moderner!

    **

IV. Das beste Original hier bin ich selber!

An einem Juliwochenende wollte der Chef seine Schwester in Bonn besuchen. Diese rief an, ob alles klar wäre mit dem Besuch. Die Mitarbeiterinnen im Sekretariat ließen während des Gesprächs, gut hörbar, ein Tonband ablaufen:

> *Radiostimme: Und nun der Wetterbericht... Deutschland wird von einem umfangreichen Tief überzogen, die Temperaturen können auf bis zu -5 C absinken. Weit verbreitet ist mit Schnee und Straßenglätte zu rechnen...*

> *Chef (zu seiner Schwester): Moment mal... ich glaub' ich kann nicht kommen – es soll Schnee und Straßenglätte geben...*

> *Schwester des Chefs: Ich glaube du bist nicht mehr ganz fix... wir haben doch Juli!*

Chef: Aber sie haben's doch gerade gemeldet, ich hab's doch gehört!

Etwas später bemerkte der Chef den Gag seiner Mitarbeiterinnen.

Chef (zu den Mitarbeiterinnen): Ihr seid ja noch kreativer als ich euch zugetraut hätte!

*

Das Amt zeichnete sich durch einen sehr hohen Frauenanteil aus; viele waren nur halbtags beschäftigt; die Arbeit war auf den meisten Arbeitsplätzen nicht allzu anspruchsvoll. Bei einer Revision fiel auf, dass viele Mitarbeiterinnen, sobald sie einen festen Vertrag hatten bzw. verbeamtet waren, sich schwanger meldeten.

Revisor, zum Chef: Also, kaum sind die Damen bei Ihnen, sind sie schwanger!

Chef: Also da kann ich *doch nix für – damit hab' ich nix zu tun!*

*

Der Chef berichtete den versammelten Kollegen von seinem letzten Sonntsgsausflug.

Chef (in rheinischem Dialekt): Am Sonntag wollten wir zu einer Wallfahrtskapelle fahren, die liegt richtig schön romantisch auf einem Hügel. Da sind wir dann 80 km gefahren und dann die 250 Treppenstufen raufgelaufen – da war das Ding geschlossen! Da konnten wir dann gleich wider die ganzen Stufen runterlaufen, die ganze Aktion war – wie sagt man – für die Katz', obwohl ich gar keine Katz' habe. Ich hatte vorher im Buch extra nachgesehen, wann die auf hat, aber später hab' ich gesehen, dass ich die Kapelle mit einer anderen verwechselt hatte. Jetzt hab' ich von Kapellen erst mal die Nase voll..,. Ich hab' manchmal das Gefühl, das beste Original hier im Haus bin ich selber!

Er hatte auch im Dienst den Ruf eines leichten Chaoten…

*

Dabei hatte er allerdings die Gabe, komplizierte Sachverhalte so einfach darzustellen, dass auch der letzte Mitarbeiter dies kapierte.

Eines Donnerstags kam ein IT-Fachmann einer Sonderdienststelle aus Hamburg zu Besuch, um zu gucken, ob die IT des Amtes modernisiert werden müsste. Der Chef informierte die Belegschaft auf einer Personalversammlung, die kurzzuvor stattgefunden hatte.

Chef (in leichtem Dialekt): Nächste Woche – ich mein' am Donnerstag – da kommt so'n Computertyp aus Hamburg und schaut sich die ganzen Computer mal an. Kann sein, dass der einige von denen gleich in seine Kiste stopft und ein paar neue aufstellt – ich hab' da keine Ahnung von; als ich so alt war wie der, da gab's die ganzen Probleme nicht, wir hatten gar keine Computer! Am besten ihr lasst den mal machen, und der soll euch alles dazu erzählen - aber fragt mich *bloß nicht!*

*

Bei der vorgesetzten Direktion beantragte er einen weiteren Abteilungsleiter.

Chef (zu dem zuständigen Dezernenten der Direktion): Ich muss noch einen Abteilungsleiter für die Disziplinarsachen haben. Wenn ich diesen Piddelkram selber machen muss, dann muss ich erst selber in die Bücher gucken – wenn ich einen Abteilungsleiter habe, muss der *den ganzen Kram machen und ich hab' damit nichts zu tun! Von mir aus unterschreib' ich das auch noch, wenn's unbedingt sein muss, das macht mir nichts aus.*

V. Von „Bimbos" und „persönlichen Negern"

Der Chef sprach mit einem Abteilungsleiter, Herrn Mohr, über verschiedene aktuelle Probleme des Hauses und auch sonstige Themen.

Chef (zum Abteilungsleiter): Sie sehen ja etwas müde aus heute. Waren Sie gestern Abend noch tanzen oder im Theater?

Mohr: Was soll ich denn da? Ich habe hier doch Theater genug und brauch' nicht mal was dafür zu zahlen!

Chef: Wollten Sie nicht noch einen Tanzkurs machen?

Mohr: Das brauche ich ebenso wenig – ich lasse doch schon hier die Puppen tanzen, das reicht mir schon.

Übrigens, Chef, von wegen Theater: Ich hab' eben einen Bericht über die-

sen Pfarrer, der Jungs angemacht haben soll, gelesen – den haben sie jetzt in ein Nonnenkloster verbannt! Als homosexueller Mann unter lauter Frauen, das muss doch für den schon wie das Fegfeuer sein... Wäre auf jeden Fall eine gute Vorlage für das Theater. Ich versteh' sowieso nicht, wo da das Problem bei denen ist – homosexuelle Pfarrer, die machen doch keine Frauengeschichten, keine Probleme mit dem Zölibat – und auch wenn sie nicht homosexuell sind: Die können doch mit den Weibern alles machen, keine kann ankommen und sagen, „jetzt heiraten wir aber!", Kinder übernimmt der Arbeitgeber, dafür braucht der keine Witwenrenten und Kindergelder zu zahlen... clever! Da sind die Pfarrer doch schnell aus dem Schneider, ist doch super!

Chef (verärgert): Da kann ich gar nicht drüber lachen!

Mohr: Ich *aber! Neulich hab' ich einen Ordenspriester aus Afrika getroffen. Er meinte, selbstverständlich hätten auch die Pfarrer dort alle eine Frau, aber die meisten von ihnen sogar nur* eine, *da wären sie doch noch Vorbild! Es sei denn, die Frauen bekämen keine Kinder, das ginge doch nicht... ich hab' dann gefragt, „Was ist denn, wenn das an dem* **Mann** *liegt, dass da kein Nachwuchs kommt, muss die Frau dann einen anderen Mann dazu nehmen?" Da war er geschockt und hat gemeint, „das ist Skandal - dafür hat er Bruder!"*

Chef: Und was sagt dem sein Bischof dazu?

Mohr: Der soll gemeint haben, wenn er versuchen würde, da einzuschreiten, könnte er seinen Laden dicht machen, denn dann müsste er alle Priester rausschmeißen - (grinsend) bis auf die natürlich, die wirklich ohne Frauen klarkommen, das gibt's dort ja auch.

*Chef (sichtlich irritiert): Hm...
Themawechsel:
Gucken Sie mal da draußen, da gehen
zwei richtig schön verliebt, Arm in
Arm, über den Hof... was meinen Sie:
Ob die wohl verheiratet sind?*

*Mohr: Ich glaube, das sieht so aus,
dass die verheiratet sind; aber nicht
miteinander! Oder haben Sie schon
mal einen Verheirateten gesehen, der
mit der eigenen Frau noch so verliebt
ist?*

*Ach was ich Sie noch fragen wollte,
Chef: Feiern Sie hier zwei Mal Karneval? Vor ein paar Tagen habe ich da
draußen so einen komischen Umzug
gesehen, sah aus wie ein Mummen-
schanz aus dem Mittelalter, lauter ver-
kleidete Typen, die irgendwelche Lieder
gesungen haben, die ich nicht verstan-
den hatte.*

*Chef: Das war Fronleichnam, das
kennen Sie in Norddeutschland nicht!
Da gibt es immer eine Prozession, und*

es kann natürlich sein, dass eine davon bei Ihnen vor dem Haus vorbeigeht. Aber nochmal zum Dienst: Wo wir uns auch was überlegen müssen – mit unserem Krankenstand sind wir im Bezirk auf dem letzten Platz gelandet.

Mohr (lacht): Das macht doch nix, Chef – damit können wir uns doch auch profilieren! Das fällt sofort auf, das macht uns so schnell keiner nach!

Chef (verärgert): Das sehe ich überhaupt nicht so! Und denken Sie an die Betriebsfeier, da brauchen wir noch ein paar Bimbos von der Hausverwaltung für das Tische rücken und ein oder zwei persönliche Neger, die sich um den ganzen Kleinkram kümmern.

Aber nun zu einer anderen Sache: Sollen wir die Rheinhausen, die sich jetzt bei uns beworben hat, nehmen? Die hat aber fachlich nicht viel drauf…

Mohr: Aber schöne Beine!

Chef: Hm… Und was meinen Sie, wie kann man den Schneider, diesen Erzbengel, endlich totmachen?

Mohr (grinst): Weiß ich nicht! Seien Sie doch froh, wenn's ab und zu mal 'ne kleine Überraschung gibt, das bringt doch etwas Farbe in den Laden; so schlimm ist der doch auch nicht… im Übrigen:; Leber Erzbengel als Erzbischof!

Chef: (verärgert): Nehmen Sie das bitte ernst! Diese Kanaille müssen wir bald schlachten. Und diesen afrikanischen Kanaken aus der zweiten Etage werde ich auch bald plattmachen! Und, übrigens: Mit dem Schuster habe ich letzte Woche gesprochen; leider nicht lange genug, er sagte, er müsse gleich weg, um 4 ginge sein Zug nach Hamburg. Ich habe ihm gesagt: Wenn Sie nochmal einen Auftrag von mir vergeigen, geht Ihr nächster Zug nicht nach Hamburg, sondern nach Bautzen!

Mohr: Bautzen I oder II?

Chef: Das kann er such meinetwegen aussuchen!

Der Chef bestellte sodann den Sachbearbeiter Schneider, mit dem er nicht zufrieden war.

Chef (zu dem soeben erschienenen Schneider): Herr Schneider, ich sag' Ihnen das jetzt ganz deutlich: Ich habe Ihren Sarg bestellt, die Kerzen habe ich schon angezündet! Und wenn Sie nochmal so'n Mist verzapfen wie hier, sage ich: Herr Schneider, steigen Sie ein, ich nagle zu! Haben Sie das kapiert?

Schneider: ???

Chef: Und jetzt verschwinden Sie und schaffen endlich mal was Vernünftiges!

*

Einem Abteilungsleiter fiel die ehrenvolle Aufgabe zu, bei einer kleinen Feier
zum „runden" Geburtstag des Chefs die
„Festrede" zu halten.

Abteilungsleiter:
Wir haben die ehrenvolle Aufgabe, Ihnen,
unserem verehrten Chef, zu Ihrem Ehrentag
alles Gute zu wünschen
beste Gesundheit
beste Erfolge im Amt
und alles, was es sonst noch zu wünschen
gibt
wenn Sie kommen, geht die Sonne auf
was wären wir denn ohne Sie
wenn Sie nicht hier wären, gingen alle Lich-
ter aus

  Abteilungsleiter (zu seinem Nach-
  barn): Hör' dir mal den Idiot an!

 Sie
der für uns gekämpft hat
der für uns gelitten hat
der für uns Prügel eingesteckt hat
dem nie etwas zu viel war
der immer den Überblick behalten hat

der Thron der Weisheit
die Ursache unserer Freude
der Kelch des Geistes
der elfenbeinerne Turm
die Pforte des Himmels
der König der Chefs
der König der Strategen
der König der Personalwirtschaft

Abteilungsleiter (zu seinem Nach-
barn): Hör' dir mal den Idiot an!

Sie sind unser unübertroffener Meister
die persönlichste Persönlichkeit
unser Halt und unsere Stütze in allen Din-
gen
unser unübertroffenes Vorbild
Licht vom Licht
Vorbild vom Vorbild
wahre Weisheit von wahrer Weisheit
eines Wesens mit der Führung
durch Sie ist alles geworden, was hier ist
für uns und um unseres Heiles willen sind
Sie zu uns herabgestiegen

Sie sind der Große Steuermann unseres Hauses
immer bereit
und wenn ich mir hier erlauben darf, verehrter Chef, Ihre weisen Worte zu zitieren:
„Vorwärts immer, rückwärts nimmer!"
Da sind Sie unser erstes Beispiel
unübertroffen
einfach genial

> Abteilungsleiter (zu seinem Nachbarn): Hör' dir mal den Idiot an!

Wir alle hoffen
dass Sie unser Haus regieren und erhalten mögen
dass Sie unsere Feinde demütigen werden
dass Sie uns Frieden und Einigkeit verleihen
dass Sie uns mit Ihrer ewigen Güte belohnen werden
dass Sie die Früchte unserer Arbeit erhalten werden

Ich brauche Ihren höchst beeindruckenden Lebenslauf nicht zu schildern
den kennen wir ja alle

Auf jeden Fall können wir heilfroh sein
dass wir Sie als unseren Chef haben
und wir können heute nur hoffen
dass wir Sie noch lange behalten werden

In diesem Sinne dürfen wir uns untertä-
nigst erlauben
auf Ihr Wohl anzustoßen! Prost!

Abteilungsleiter (zu seinem Nachbarn):
Hör' dir mal dien Idiot an!
Ich mein' der hat selber *schon genug ge-*
tankt… So was Geiles hab' ich lange nicht
mehr gehört… Ich mein' das einzig Ver-
nünftige war der letzte Satz…prost!

Anderer Abteilungsleiter: Das müssen
wir unbedingt aufzeichnen und in Rom als
neue Litanei für das nächste Gesangbuch
einreichen - das schafft keine Liturgie-
kommission!

*

Ein Abteilungsleiter hatte eine zweitä-
gige Dienstreise nach London zu machen
und meldete sich ab.

*Mitarbeiterin (zum Abteilungslei-
ter): Sie sind ja dann ab morgen zwei
Tage weg… kommen Sie übermorgen
früh noch kurz nach der Post gucken?*

*Abteilungsleiter: Wenn Sie mir den
Flug organisieren, vielleicht!*

Mitarbeiterin: Ach so…

*

Ein Abteilungsleiter besuchte ein Seminar und sprach am letzten Abend in
lustiger Runde ordentlich dem Alkohol
zu. Am nächsten Morgen bei der Rück-
fahrt mit der Bahn schlief er ein und
wurde er von einer Unterhaltung in
fremder Sprache geweckt – er stellte fest,
dass er seinen Zielbahnhof verschlafen
hatte und einige Stationen zu weit, ins
Nachbarland, mitgefahren war.

*

Auch der Chef suchte die Hauskantine
regelmäßig auf. Er kannte sich in der
Landwirtschaft bestens aus und hielt die

Kollegen am Tisch mit einer Demonstration, wie Hühner und Rinder geschlachtet und zerlegt werden – nebst den entsprechenden Unterschieden -, in Laune. Zwei Damen schien dabei der Appetit zu vergehen…

> *Chef: Na, nun tun Sie sich mal nicht so schwer - das muss alles gemacht werden!   Oder glauben Sie, das Geflügel fällt so einfach vom Himmel auf Ihre Teller? Seien Sie mal froh, dass Sie diese Drecksarbeit nicht machen müssen - da sehen Sie mal, wie gut es Ihnen her geht!*

*

Eines Nachmittags hatte sich Frau Dr. Baller, die allseits bekannte Chefin der gefürchteten „Zentralen Generalüberwachung Personal und Finanzen", im Amt unter dem Kürzel „ZGP" bekannt, nach einer einwöchigen Prüfung zu einer Abschlussbesprechung beim Chef angemeldet.

Frau Dr. Baller: Gut, dass wir hier mal ordentlich aufgeräumt haben... Sie könnten auch mit einem Viertel Ihres Personals weniger gut auskommen! Einiges, was hier gemacht wird, erscheint uns objektiv unnötig zu sein. Ähnliches haben meine Leute neulich bei unserem Amt in Oberkaltenkirchen auch schon festgestellt...

Aber, hoho!, wenn Sie mich mal ganz privat fragen: Ich habe manchmal das Gefühl, wenn man älter und nicht mehr so leistungsfähig ist, wird man vom Arbeitgeber entsorgt wie totes Kapital - so ähnlich habe ich es damals schon bei Marx und Engels gelernt!

*

Die Personalversammlungen waren meist gut besucht; man war ja dafür von dem normalen Dienst befreit und konnte, je nach Interesse, wunderbar entspannen oder, wie ein Abteilungsleiter anmerkte, kostenlos „Theater live" erleben. In der ersten Reihe saß die Amtsleitung – obwohl sie, sofern sie –was so gut wie nie vorkam - nicht ausnahmsweise *selbst* die Personalversammlung beantragt hätte, nicht zur Teilnahme verpflichtet gewesen wäre. Auf dem Podium, in einer Reihe, saßen dann die Mitglieder des Personalrats.

> *Abteilungsleiter (zu seinem Nachbarn): Die da oben, das ist wie im Osten das Politbüro beim Parteitag! Die wollen sich hier mal feiern lassen.* „Ab*feiern" müsste mal die eigentlich!*

Einer der Personalräte war im Gesicht etwas lädiert, weil er ein paar Tage vorher, wie üblich, am Abend eines Fortbildungsseminars in der hoteleigenen Bar noch ordentlich „nachgefeiert" hatte und dabei später mit dem Kopf gegen eine Glastür, die er übersehen hatte, gestoßen war. Der Zusammenstoß war so heftig, dass die Tür aus den Scharnieren viel. Er wirkte etwas verärgert, weil sein Haus-

arzt ihm bis auf weiteres jeden Alkohol-
genuss strikt verboten hatte.

*Personalrat: Der Doktor, dieser
Arsch, der hat mir den Alkohol verboten – das ist doch kein Leben! Warum
gehe ich da noch arbeiten?*

*Anderer Personalrat (grinst): Erich,
dann sei doch wenigstens mal froh,
dass wir hier in den Personalratsbüros
keine Glastüren haben – nur unten am
Eingang musst du aufpassen!*

*

Der Personalratsvorsitzende „Kollege"
Heinz-Gerd Schmidt war ein bienenflei-
ßiger und „gerissener", nicht selten aber
auch demagogischer Vertreter seiner
Leute. Die Rundschreiben des Personalrats schrieb er komplett selbst. Er ope-
rierte nicht wenig geschickt; es gab wohl
keinen Trick, „sauber" oder weniger
„sauber", den er nicht kannte und, wenn
geboten, auch anwendete – sein Wahl-

spruch könnte lauten: „Der Zweck heiligt die Mittel".

So wurde, wenn die Verwaltung etwas wollte, meist ein „Paket" geschnürt, was als Bedingung eine entsprechende Gegenleistung der Verwaltung beinhaltete; Devise: „Das können Sie gerne haben - aber dafür wollen *wir* dann…". Sein öffentliches Auftreten konnte an einen römischen Volkstribun erinnern.

In jeder Personalversammlung gab es nach den (relativ kurzen) Beiträgen der einzelnen Personalratsmitglieder seine unvermeidliche Grundsatzrede – sie konnte bis zu 45 Minuten dauern und galt als eine wesentliche Ursache dafür, dass mancher Mitarbeiter lieber seine normale Arbeit machte, als die Versammlung zu besuchen.

Schmidt: Kolleginnen und Kollegen! Wir müssen mal etwas deutlicherer werden. Der Kollege Heinz-Gerd Schmidt hat in den vergangenen Mo-

naten oft versucht, der Amtsleitung klarzumachen, wo es brennt – aber leider vergebens, die konnten oder wollten das nicht verstehen. Die sind halt so dumm, glaubt's mir!

(steigert das Tempo)

So geht das nicht! Deshalb hat der Kollege Heinz-Gerd Schmidt vorgeschlagen, die Amtsleitung soll die ganze tägliche Kleinarbeit mal selber machen, sich mal selbst um den ganzen Mist kümmern, damit sie mitreden können! Die haben doch gar keine Ahnung, darum mein…äh… (??)

(verliert den Faden und blättert in seinen Akten)

(Geraune im Saal)

(lacht) ok, alles klar! Was ich euch noch berichten muss…

Es folgen Ausführungen über alles, was in der letzten Zeit im Hause vorgefallen war – die Aufmerksamkeit im Plenum sinkt langsam.

Schmidt: Die Verwaltung wollte einen Bewerber aus einem anderen Bezirk übernehmen. Gut, hab' ich gesagt, dann machen wir einen Deal: Ihr übernehmt den Kollegen, aber dafür mieten wir noch ein paar Zimmer draußen für unsere Leute an, damit die mehr Platz haben! Und dem Personalratsvorsitzenden steht dasselbe Büro zu wie dem Chef!

Wir werden demnächst wohl mit einem Warnstreik nachhelfen müssen – der Kollege Schulze von ver.di wird euch dazu gleich noch was erzählen. Ihr solltet das auch zum Anlass nehmen – ich meine die, die noch nicht in der Gewerkschaft sind –, mal darüber nachzudenken ob ihr euch nicht auch endlich in unsere Einheitsfront einreihen wollt! Seid solidarisch mit euren Kolleginnen und Kollegen – nur gemeinsam sind wir stark! Und weg mit diesen miesen Streikbrechern – das sind doch alles schäbige Lumpen, feige Defätisten, auch wenn sich einige von denen für besonders schlaue Intellektualisten halten!

Sagt das auch den jungen Kolleginnen und Kollegen – die sollen bloß nicht meinen, ohne die Gewerkschaft könnten sie hier was werden! Wir machen das zwar ohne viel Gebrüll, aber jeder, der länger hier ist, weiß genau: Ohne die Gewerkschaft läuft da gar nix! Da muss man doch sagen, in dieser Beziehung war die DDR gar nicht so schlecht…(grinst)

Abteilungsleiter (zu seinem Nachbarn): Der muss jetzt was Werbung für die Gewerkschaft machen; da sind eine Menge Leute abgehauen, weil die so viel Mist gebaut haben - die schaffen auch erst mal in ihren eigenen Sack! Gestern hab' ich einen von denen in der „Zahmen Katz" getroffen – ey, der war so besoffen, der hätte gar keine Aktion mehr machen können! Der hatte ge-

meint, er könnte mich unter den Tisch saufen, hoho! Den hab' ich unter den Tisch gesoffen; nachher musste der mit dem Taxi nachhause gefahren werden!

(lauter) Wir Personalräte sind gewappnet gegen jede Schwäche und Anfälligkeit, und Schläge und Unglücksfälle verleihen uns nur zusätzliche Kraft, feste Entschlossenheit und eine seelische und kämpferische Aktivität, die bereit ist, alle Schwierigkeiten und Hindernisse mit revolutionärem Elan zu überwinden! Wir haben keine Zeit mehr für fruchtlose Debatten - wir müssen handeln, und zwar unverzüglich, schnell und gründlich, so wie es seit jeher unsere Art gewesen ist.

Ja, und der Kollege Heinz-Gerd Schmidt sagt euch: Wir haben uns immer für euch eingesetzt, und das alles haben wir gern gemacht für euch! Wir taten es freiwillig, nicht für Ehr' und nicht für Geld… Aber vielleicht reicht das alles noch nicht... wenn die Verwaltung den Krieg haben will, soll sie ihn haben!

Ich schmeichle mir nicht, mit diesen Ausführungen die Meinung der Bonzen da oben alarmieren zu können; ich weiß, dass die alle morgen mit einem wütenden Gekläff über mich herfallen werden – aber wir wollen keine faulen Kompromisse mehr! Es muss jetzt zu Ende sein mit der ganzen Zimperlichkeit! Jetzt aber müssen wir für unsere Rechte unter weitest gehender Aufopferung unserer Bequemlichkeit kämpfen!

(schreit) Seid ihr entschlossen, uns Personalräten und Gewerkschafterinnen und Gewerkschaftern in der Erkämpfung unserer Rechte mit uns „durch dick und dünn" zu gehen und uns auch unter Inkaufnahme womöglich persönlicher Belastungen zu folgen?

(Applaus)

Wollt ihr, dass wir der Verwaltung mal ordentlich eins auf die Schnauze hauen, wenn's sein muss??

(Applaus)

Wollt ihr die totale Konfrontation??

(donnernder Applaus)

Dann ist ja alles klar... Wir werden unser Möglichstes tun und euch darüber berichten. Lest unsere Rundschreiben!

> Abteilungsleiter (zum Nachbarn): Der meint seine Hirtenbriefe, die überall bei uns im Papierkorb rumfliegen! Die lesen sich wie'n Bericht aus dem Politbüro – da geh' ich lieber in die „Zahme Katz" und trink' einen drauf!

So stelle ich denn an diesem Tag euch allen noch einmal eure große Pflicht vor Augen!

Kolleginnen und Kollegen, ich muss leider Schluss machen, sonst wird's zu spät und ihr kriegt Ärger zuhause, das wollen wir doch nicht – manche Kollegen fürchten ihre Frauen ja mehr als den Chef oder mich…. (grinst)

Wenn was ist, meldet euch bei uns! Der Kollege Heinz-Gerd Schmidt und die anderen Kolleginnen und Kollegen aus dem Personalrat wünschen euch in diesem Sinne viel Erfolg! Vorwärts!

> *Abteilungsleiter (zu seinem Nachbarn, gut hörbar): Alaaf! Der hat das „Amen!" vergessen! Dabei war der schon fast so gut wie damals der Goebbels – äh, rhetorisch, mein' ich natürlich..*

*

Ein Abteilungsleiter besuchte eine Außenstelle und wurde dort - nach Durchquerung einer kleinen Empfangshalle – sie war mit zahlreichen Bildern von dem Außenstellenleiter und diversen Events geschmückt - und eines Vorzimmers nebst Anmeldung durch die Sekretärin - von deren Leiter empfangen. Im Zimmer des Leiters hörte man eine Aufnahme aus Wagners „Tannhäuser".

Außenstellenleiter: *Schön, dass Sie mal da sind… Aber hören Sie sich doch mal diese phantastische Arie an… Toll, sag' ich Ihnen! Da können Sie den ganzen Dienst glatt vergessen…leider haben die meisten unserer Leute keine Ahnung davon!*

Dabei ist die Ouvertüre das populärste unter den Orchesterstücken Wagners. Kraft und Größe herrschen hier; aber die eigensinnige Haltung, welche der Komponist in diesem Werke bewahrt, führt – wenigstens bei mir – zu äußerster Ermüdung: vor allem, weil die Melodien über weite Strecken hinweg von einer scheußlich jaulenden Streicherfigur beherrscht werden, die sich mit einer für den Zuhörer erschreckenden Beharrlichkeit wiederholt. Nachdem sie bereits im ersten Teil 24 mal zu Gehör gekommen ist, vernimmt man sie im Schlussteil ganze 118 mal, so dass diese eigensinnige, oder vielmehr grausam hartnäckige Figur alles in allem 142 mal in der Ouvertüre vorkommt. Ist das nicht etwas zu viel? Da sie auch im Verlauf der Oper noch häufiger wiederkehrt, hege ich den Verdacht, dass der Komponist ihr eine auf die Handlung sich beziehende Bedeutung beigelegt hat, welche mir allerdings nicht ein sichtlich ist.

Für die Erörterung der dienstlichen Probleme war kaum noch

Zeit, da der Außenstellenleiter einen Termin bei einer Vernissage hatte.

*

Zur Optimierung der Beziehungen unter den Führungskräften des Amtes wie auch zur effektiveren Aufgabeerledigung fanden gelegentlich sog. „Personalentwicklungsseminare" – unter den Kollegen auch „Psycho-Seminare" oder „Seelen-Striptease" genannt – mit auswärtigen Psychologen statt, meist in einem Hotel in der Nähe des Amtes. Veranstalter waren sowohl das Amt selbst wie auch vorgesetzte Dienststellen. Die Teilnahme war Pflicht, die Motivation von daher meist nur begrenzt. .

Dr. Müller (Dipl.-Psychologe, zur Einstimmung): So, jetzt entspannen wir erst mal! Ich bin der Mike – wir reden uns hier nur mit dem Vornamen an, nicht mit „Herr Schmitz" und schon gar nicht mit „Herr Präsident", „Exzellenz" oder ähnlichem – es heißt also nicht „Mit Verlaub, Herr Präsident, Sie sind ein Dummkopf!", sondern einfach „Horst, du Dummkopf!! Irgendwelche Hierarchien kennen wir hier nicht! Und Worte wie „nie" oder „immer" benutzen wir hier auch nicht. Fühlt euch ganz wie zuhause und benehmt euch ganz natürlich!

(springt plötzlich vom Stuhl an die Decke und schreit)

Hurra! Ich bin frei!!

Abteilungsleiter: Ich mein' der braucht selber einen Psychiater... Ich werd' auf den nachher erst mal einen trinken, dass bin ich auch lockerer.

Anderer Abteilungsleiter: Wenn ich mich hier wirklich natürlich benehmen würde, könnte der das Seminar gleich beenden... Wir müssen das Ganze als nette Komödie sehen... immerhin besser als wir müssten uns im Dienst rumärgern!

Dr. Müller: So, und jetzt machen wir mal eine unkonventionelle Vorstellung. Ihr nehmt euch euren Nachbarn und stellen ihn den anderen vor; hoho, das gilt natürlich auch für Nachbarinnen, wir bleiben ja auch hier immer noch Mann und Frau – richtig professionell, wie der Thomas Gottschalk! Stellt euch vor, ihr sollt das Publikum begeistern und der Kollege ist echt genial!

(zu einem Teilnehmer) Franz, was guckst du so irritiert? Du musst deine Profilierungsneurose und deine kognitiven frühkindlichen Assimilierungsängste abbauen! Und du, Karl-Josef, musst deine Kollegin als super Frau präsentieren – du könntest dir doch auch viel mehr mit der vorstellen, oder? Haha! Du stellst dich an, als würdest du nicht an die Maria Huber, *die neben dir sitzt, denken, sondern an „Maria Himmelfahrt"!*

*

Der Erfolg der Seminare war eher bescheiden, da sich viele Empfehlungen in der täglichen Praxis als schwer praktizierbar erwiesen hatten.

**

VI. Wir sind keine Justizbehörde!

Der alte Chef wirkte auf den ersten Blick wie ein grundgütiger Opa; sein sanfter süddeutscher Akzent trug sicher dazu bei. Er war aber, da hatte sich schon so mancher Mitarbeiter getäuscht, „mit allen Wassern gewaschen", ein Misanthrop mit einem ausgeprägten Misstrauen - es konnte vorkommen, dass er, wie er es zuvor bei der Direktion gelernt hatte, sogar seine Abteilungsleiter durch deren eigene Sachbearbeiter kontrollieren ließ.

Auswärtiger Mitarbeiter (bei einem Besuch im Amt): Ich finde, Euer Chef ist doch ganz nett…

Abteilungsleiter: Ja, vielleicht, solange man nicht mit ihm schaffen muss - man muss ihn kennen, *um ihn nicht zu mögen!*

sagte einer, der ihn (gut) kannte.

Mit den Gesetzen pflegte er, wie es Kollegen und Vorgesetzte manchmal fast schon anerkennend nannten, einen „kreativen Umgang", wenn es ihm für die Erreichung seiner Ziele, verbunden mit einer weiteren Karriere und vor allem mehr Geld, zweckmäßig erschien. Respekt hatte er - insoweit dem ehemaligen US-Außen-minister Henry Kissinger nicht unähnlich – allenfalls vor Leuten, die sich, egal wie, legal oder auch weniger legal, und was es die Betroffenen kosteten, „durchboxten" und, anstatt freundliche Worte zu machen, gleich nüchtern zur Sache kamen und auch bei unpopulären Entscheidungen nicht lange zögerten; etwaige Widerstände wurden, ähnlich wie bei dem alten Assad in Syrien, ohne viel Federlesens beseitigt, nebst deren Umfeld. Das weitere erledigte manchmal, vom Chef entsprechend angespornt, ganz elegant die ZGP. Das Wort „Moral" würde ihn, wie einst Kissinger, wahrscheinlich zum Lachen bringen…–

> *Chef: Bleiben Sie mir doch weg mit Ihrer Moral - Haha, dafür können Sie sich doch nichts kaufen! Moral ist was für Leute, die sonst nichts auf die Reihe kriegen. Ich sage ja auch immer: Opas Betrieb ist tot!*

Zudem verstand er es meisterhaft, eigene persönliche Vorteile als „Aufopferung" für die Kollegen verkaufen… Nicht selten nahm er für sich selbst in Anspruch, was er seinen Mitarbeitern „ankreidete".

Man konnte ihn auch als „geldgesteuert" bezeichnen –

> *„wenn der Geld wittert, das ist wie bei einem Hund, der einen Knochen bekommt!"*

sagte mal ein Mitarbeiter.

So verwunderte es auch keinen, dass er einen Inspektor für einen Sonderauftrag freistellte, der einen Bericht zum Inhalt hatte, dass die Besoldung des Chefpostens (also sein eigener) von der vorgesetzten Zentrale angehoben wurde – was natürlich als objektives „Gebot der Gerechtigkeit" verkauft werden musste.

Sein eigenes Engagement beschränkte sich auf das Notwendigste; was immer rechtlich möglich war, delegierte er „zu meiner Entlastung" auf seine Abteilungsleiter. Vernissagen und Empfänge, vorzugsweise solche, bei denen mit gutem Essen zu rechnen war, besuchte er hingegen gerne selbst.

Gegenüber „Bitten" oder „Vorschlägen" der vorgesetzten Direktion erlaubte er sich selbstverständlich nur sehr selten einen Widerspruch.

*

Er wollte den Sachbearbeiter Schulz in eine andere Abteilung versetzen, weil er meinte, dieser habe seine bisherige Ausgabe gut und lange genug gemacht und habe deshalb nun „etwas besser bezahltes" verdient. Schulz war ein meist gutgelaunter, stets freundlich lächelnder Mann um die 50, der seine Ruhe haben wollte und jeglichen Konflikten, vor allem mit dem Chef, gleich aus dem Weg ging; es wäre ihm sicher nie in den Sinn gekommen, eine Anweisung von „oben" zu hinterfragen.

Damit es mit der Versetzung keine Probleme gab, attestierte der Chef ihm bei dessen Bewerbung schlechthin *geniale* Fähigkeiten; es war wohl das beste Zeugnis, was im Amt je geschrieben wurde, so dass im Hause schon gemutmaßt wurde, man habe den werten Kollegen Schulz wohl „bei der Heiligen Dreifaltigkeit vergessen". Diesbezügliche Einwände der Personalabteilung wurden mit der Belehrung

Chef (zum Leiter der Personalabteilung): Sie wollen doch auch, dass Herr Schulz den Job bekommt; da darf man

*es nicht so genau nehmen – haha, wir
sind doch keine Justizbehörde!*

abgetan. Und so bekam Herr Schulz
den Posten auch - schließlich hatte er
doch das beste Zeugnis vorzuweisen, so
dass jede Konkurrentenklage völlig aus-
sichtslos gewesen wäre. Und bei den
Zeugnissen hat der Beurteiler ja, wie der
Chef natürlich wusste, bekanntlich einen
gerichtlich nur sehr eingeschränkt über-
prüfbaren Beurteilungsspielraum. Der
Personalrat bekam für seine Zustimmung dessen ungeachtet eine, wie es
diplomatisch hieß, „angemessene Gegenleistung".

*

Ein älterer Sachbearbeiter der Direktion wurde als Abteilungsleiter zum Amt
versetzt und hatte mit der Einarbeitung
in die für ihn völlig neuen Aufgaben am
Anfang etwas Probleme.

Chef: Na, Herr Diewald, haha, das hier ist schon eine andere Arbeit als die, die Sie in der Direktion hatten! Da brauchten Sie doch nur in aller Ruhe eine Akte nach der anderen abzuheften, und hier müssen Sie jetzt mal richtig ran! Oder glauben Sie, Sie bekommen hier das Geld, um eine ruhige Kugel zu schieben?

*

Von der Vereinbarkeit von Beruf und Familie hielt der alte Chef nicht viel. Als ihn ein Mitarbeiter bat, bei der Personalplanung bitte zu berücksichtigen, dass er hier am Dienstort ein Haus und eine Familie mit kleinen Kindern habe und sich deswegen in der nächsten Zeit nicht auf Beförderungsstellen außerhalb der Region bewerben könne, sondern möglichst *hier* weiterkommen wolle, meinte dieser:

Wenn Sie Kinder haben – das geht den Arbeitgeber nix an! Haha, seien Sie mal froh, dass Sie gesunde Kinder haben – dann müssen Sie mit Ihrer

Kariere halt etwas langsamer machen. Man kann im Leben nicht alles *haben! Haha, unser Bundespräsident hat ja schon gesagt: „Ein Beamter ist erst zufrieden, wenn er Staatssekretär geworden ist!"* (amüsiert sich trefflich)

*

Ein Mitarbeiter hatte über längere Zeit einen erkrankten Abteilungsleiter zu vertreten. Die Personalabteilung meinte, man müsse dem Mitarbeiter für diese Zeit doch einen Zuschlag zahlen, schließlich vertrete er einen Abteilungsleiter.

Der Chef sah das nicht ein:

Warum sollen wir das denn machen? Was wollen Sie denn - Herr Mendig macht doch die Arbeit – auch ohne *mehr Geld...*

*

In der Personalabteilung war eine Stelle neu zu besetzen.

*Chef (zu dem zuständigen Abtei-lungsleiter): Gut, dass der Mehring weg ist – der war ein lieber Kollege, aber doch viel zu weich für den Job! Wir mussten 50 Leute abbauen, da hat der echt ein Problem mit gehabt… ha-ha, der hat wohl gedacht, wir sind hier im Sozialamt, man müsste doch gut zu allen sein! Stellen Sie sich das mal vor - der wollte **lieb gehalten** werden! Haha, der alte Brecht sagte ja schon „Der Mensch ist gut und das Kalb ist schmackhaft"… Was aus den Leuten wird, ist doch nicht unser Problem! Wir müssen hier den Laden am laufen halten, da können wir so „low-performer" wie den nicht gebrauchen.*

*

Die Direktion suchte für Prüfungs-kommissionen und andere Sonderaufga-ben regelmäßig neue Mitglieder. So hatte der zuständige Abteilungsleiter die Auf-gabe, den Chef zu fragen, ob er ihn dort melden solle.

Chef. Was wird dafür gezahlt?

Abteilungsleiter: Sie bekommen natürlich Ihre evt. entstandenen Aufwendungen erstattet; ansonsten ist das ehrenamtlich.

Chef. Dann sagen Sie, ich habe kein Interesse!

Abteilungsleiter: Aber Sie wären doch ein guter Prüfer…

Chef: Mag ja sein; das ist nicht mein Problem, wenn die nicht genug Leute zusammenbekommen. Wenn ich nichts dafür bekomme – warum soll ich das machen, in meinem Alter? Haha, da sollen mal Jüngere dran, die sind ja manchmal noch idealistisch. Haha, Ehrenamt – dafür können Sie sich doch nix kaufen!

*

Bei einem sog. „Warnstreik" ging es hoch her; dabei kam es auch, wie die Juristen sagen, zu „Streikexzessen"; Personalratsmitglieder, die sich nach dem Gesetz eigentlich gewerkschaftlich neutral zu verhalten hätten, kontrollierten am Eingang des Amtes wie einst an der Berliner Sektorengrenze die Personalausweise der Beschäftigten (man wolle ja das Eindringen Unbefugter verhindern, das müsse doch im Interesse des Amtes sein, hieß es) , Dienstautos wurden mit Streikplakaten zugeklebt, die Amtsleitung wurde beschimpft, usw.

Die Personalabteilung wollte, ihren Aufgaben entsprechend, gegen die Betreffenden disziplinarisch vorgehen – worüber der Chef gar nicht begeistert war.

Chef (zum Leiter der Personalabteilung): Ach, lassen Sie denen doch ihren Spaß! Sie wissen doch: In jeder streikbeendenden Vereinbarung gibt es die unweigerliche „Nichtmaßregelungsklausel". Dann können Sie alle Ihre Verfügungen und Protokolle in die Tonne werfen! Haha, ich hatte Ihnen doch schon mal gesagt: Wir sind keine Justizbehörde! Lassen Sie die doch mal machen, die kriegen sich schon wieder ein. In zwei Wochen spätestens kräht kein Hahn mehr danach – da hätten eher wir *die Probleme! Der Laden muss laufen, wir müssen uns mit denen arrangieren.*

*

Man hätte die Uhr danach stellen können: Der alte Chef sah es nicht gerne, wenn ein Mitarbeiter eine Kur machen wollte – jedenfalls, wenn dies nicht offensichtlich zwingend notwendig war.

Chef (zu einem Mitarbeiter): „Was, Sie wollen in Kur? Sie sind doch erst 50, da brauchen Sie doch noch keine Kur – haha, wenn Sie so alt wären wie ich, dann wäre das was anderes!"

Er selbst pflegte aber jedes Jahr, pünktlich im Mai, in Kur (die er auch regelmäßig genehmigt bekam) zu fahren; einschließlich Nachkur war er dann regelmäßig mindestens sechs Wochen weg.

Manchmal schlossen sich danach noch ein oder zwei Wochen „krank" an. Im September verbrachte er regelmäßig seinen Jahresurlaub in Südeuropa, wo es zu dieser Zeit noch schön warm, aber nicht so heiß war – beide Termine konnte man fest einplanen.

Im Juni wollte er unbedingt an einem einwöchigen Seminar zum „Antagonismus der modernen Gesellschaft", das in einem guten Hotel in Baden-Baden mit bester Küche stattfand, teilenehmen. Das Problem war zunächst nur, dass ein Abteilungsleiter in derselben Woche bereits einen Familienurlaub an der Nordsee fest gebucht hatte - was für den Chef aber eigentlich *kein* Problem war, denn, wie er diesbezüglich mal anmerkte:

> *Chef: Niemand ist unersetzlich, selbst ich nicht – wenn ich nicht da bin, habe ich meinen Vertreter mit allen Vollmachten! Haha, da kann dann von mir aus das ganze Amt abbrennen, da war ich ja nicht im Dienst!*

Abteilungsleiter: Können Sie das nicht verschieben oder nicht ein anderes Seminar nehmen? Ich habe doch für diese Zeit schon unseren Familienurlaub fest gebucht!

Chef: Nein, das geht nicht, das Seminar ist wichtig. Dann können Sie eben nicht fahren! Sie können die Reise ja stornieren, die Kosten erstatten wir Ihnen natürlich. Haha, ich nehme doch immer viel Rücksicht auf Kollegen mit schulpflichtigen Kindern und nehme meinen Urlaub immer erst im September, da haben Sie doch noch genug Spielraum im Sommer!

Natürlich - im Juli und August wäre es in Italien ja auch zu heiß gewesen, danach oder davor zu kalt; der Chef war schließlich mit einer Italienerin verheiratet und kannte sich so bestens aus.

*

Bei Krankmeldungen Anderer hatte der alte Chef allerdings nicht viel Verständnis – er sprach, entsprechend einer Schlagzeile der „Bild-Zeitung", gelegentlich vom „Volkssport Krankfeiern". Wenn er den Verdacht hatte, ein krankgemeldeter Mitarbeiter war nicht *wirklich* krank, rief er bei dem Mitarbeiter zuhause an und erkundigte sich bei ihm persönlich freundlichst um das werte Befinden, verbunden mit der für jedermann erkennbaren kaum verdeckten Mahnung „Wir vermissen Sie!". Worauf so mancher, der im Amt noch weiterkommen wollte, wieder sehr schnell gesund wurde.

*

Irgendwann hatte der alte Chef *selber* genug von der Arbeit und machte in einer Besprechung mit seinen Abteilungsleitern eine kaum verschlüsselte Andeutung:

> *Chef: Ich hab' jetzt lange genug geschafft und werde bald ganz leise und unauffällig verschwinden. Haha, dann*

kann mich der Präsident in Italien su-chen lassen!

So meldete er sich eines Tages unbe-fristet krank, und niemand wusste, wo er sich aufhielt und ob er jemals wieder-kommen würde. Nachfragen der Direk-tion blieben unbeantwortet, so dass die-ser schließlich nichts anderes mehr übrig bleibt als ein sog. „Zwangszurruhese-tzungsverfahren" einzuleiten.

Der alte Chef meldete sich erst, nach-dem er den offiziellen Zurruhesetzungs-bescheid erhalten hatte und legte gegen diesen form- und fristgerecht Wider-spruch ein – eine Begründung gab er nicht, und diese wäre rechtlich auch nicht erforderlich gewesen. Der Wider-spruch wurde, wie zu erwarten war, nach zwei Monaten zurückgewiesen und die Direktion wartete, ob nunmehr – zur weiteren Verzögerung - eine Klage vor dem Verwaltungsgericht eingehen wür-de. Da hätte der Chef jedoch, wie er wusste, „schlechte Karten gehabt" – wie hätte er seine Dienstunfähigkeit auch widerlegen sollen, nach so langer Krankmeldung?

Und so verzichtete er darauf und begnügte sich damit, sein - ja nicht gerade geringes - Gehalt noch ein gutes Jahr lang ohne jegliche Gegenleistung in Italien bezogen zu haben.

**

VII. Wir können jetzt nur noch fordern!

In dem Amt, das in dem sog. „Beitrittsgebiet" lag, , also zur früheren DDR gehörte, gab es einige Probleme mit der erforderlichen Umstellung auf den neuen „BRD-Standard". Vor allem einige Personalräte taten sich schwer. Der Chef (West) versuchte, den unvermeidlichen Übergang Ost-West möglichst schonend und jedermann verständlich zu gestalten.

Die Verhandlungen mit dem Personalrat, meist mit dessen Vorsitzendem Krause, fanden in aller Regel in dem großen Besprechungsraum – er atmete noch das Flair der 50er Jahre und hieß nach wie vor „Marx-Engels-Zimmer"; entsprechende Bilder hingen noch an der Wand – statt.

*

Krause: Dass Sie da umorganisieren und drei Außenstellen dicht machen wollen, das geht auf keinen Fall! Da wird der Personalrat nicht zustimmen, und die Betriebskampfgruppe – äh, die Gewerkschaft - auch nicht.

Chef: Mit Verlaub, Herr Krause: Da haben Sie nichts zuzustimmen! Die Gewerkschaft schon gar nicht. Die Organisationsbefugnis unterliegt der alleinigen Verantwortung der Verwaltung – das wissen Sie doch selbst!

Krause: Natürlich wissen wir das...

Chef: Und was soll das??? Warum wollen Sie dann die Zustimmung verweigern? Das werde ich ablehnen bzw. das Mitbestimmungsverfahren abbrechen müssen.

Krause: Das ist uns schon klar, dass Sie da ablehnen müssen... Sie müssen Ihre Rolle spielen, und wir müssen unsere Rolle spielen, unser Kollektiv – äh, die Kolleginnen und Kollegen - erwarten das doch von uns. Schließlich haben wir ja alle ein Wahlamt und wollen, wenn uns die Kaderleitung – äh, die Gewerkschaft – wieder aufstellt, wiedergewählt werden!

Chef: Was heißt hier „Rolle"?? Wir sind doch keine Schauspieler - das Staatstheater ist da drüben, auf der anderen Straßenseite!

*

Die Personalvertretung verlangte vom Chef nicht weniger als eine „Grundrenovierung" des gesamten Hauses und – natürlich – eine wesentlich bessere Bezahlung für alle Mitarbeiter.

Personalrätin: Ihr in der BRD habt 40 Jahre wie die Maden im Speck gelebt – jetzt sind wir mal dran! Wie ihr das finanziert, interessiert uns nicht. (lauter) Wir können jetzt nur noch fordern!

*

Ein aus dem Westen stammender, zum Amt abgeordneter Mitarbeiter – er war

immer nach der neuesten Mode geklei-
det und fuhr zum Dienst stets mit seinem BMW vor - hatte seine eigene Art,
mit den Kollegen (und vor allem den
Kolleg*innen*) aus dem Osten umzugehen.

*Mitarbeiter (West): Ich fahre BMW,
ihr fahrt Trabbi – das ist der Unter-
schied zwischen uns! Und was ihr da
an Klamotten tragt – so was hat schon
meine Oma nach Afrika geschickt oder
gleich in die nächste Mülltonne gewor-
fen!*

*Aber einige von euch, wie zum Bei-
spiel der lange Heinrich, die haben so
viel Kohle, und natürlich gute Westbe-
ziehungen, dass sie das ND [„Neues
Deutschland", die Zeitung der SED]
in Westmark über GENEX [ein Ge-
schenkdienst für DDR-Bürger, womit
die mit Westmark in Intershops einkaufen konnten] abonnieren könnten!
Und das in eurer klassenlosen sozialis-
tischen Gesellschaft, hoho! Aber so ei-*

nen Schwachsinn liest der nicht, nicht mal zum Spaß.

*

Obwohl er bei jeder Gelegenheit ziemlich dem im Beitrittsgebiet kursierenden Klischee vom „Wessi" – manche sprachen in diesem Zusammenhang von „Besserwessi" – entsprach, ließ, konnte er sich von intensiverem Interesse der Kolleg*innen* (Ost) nicht beklagen. Auf einige von denen schien der BMW und die dazu passende, vergleichsweise teure Kleidung schon gehörigen Eindruck zu machen und der Mitarbeiter hatte mit seiner Freizeitgestaltung keine Probleme.

Da es aber mit nicht wenigen anderen Mitarbeitern (Ost, männlich) erheblichen Ärger gab, musste der Mitarbeiter (West) unter Androhung von Disziplinarmaßnahmen und sofortiger Rückversetzung in sein Heimatamt (West) nachdrücklich aufgefordert werden, solches „Besserwessi-Gehabe" ab sofort zu unterlassen.

*

Der Vorgänger des jetzigen Chefs hatte den Ruf, recht „unkonventionell" zu sein – was er wohl auch tatsächlich war und weshalb er, Berichten zufolge, nur knapp der „Ablösung" entging.

Krause, zum Chef: Ihr Vorgänger, der war schon ein echt starker Typ! In einer Abteilung, dort drüben im Altbau, hatten wir zu wenig Platz. Das war so ein Bau aus Kaiser Wilhelms Zeiten oder noch älter, der stand unter Denkmalsschutz. „Dann hauen wir die Wand raus, dann haben wir genug Platz", meinte Ihr Vorgänger damals – obwohl er natürlich wusste, dass das wegen des Denkmalsschutzes ohne Genehmigung der Denkmalschutzbehörde nicht erlaubt war, und die Genehmigung hätte er nicht bekommen, das wusste er natürlich auch.

Was hat der dann gemacht? An einem Samstag ist er mit drei Kollegen, Hammer und Spitzhacke angerückt

und hat die Wand eigenhändig abge-
räumt – hoho, cool, ey! Da war der
Denkmalsschutz, was die Wand be-
trifft, schnell erledigt, und wir hatten
genug Platz! Der Denkmalsschutz
konnte nicht einmal mehr durch eine
Röhre gucken, denn da war keine mehr
da....

Was dem damaligen Chef einerseits
einen offiziellen Tadel, andererseits aber
auch erhebliche Anerkennung und Respekt für „unbürokratisches Handeln",
„„Entschlossenheit" und „Durchset-
zungsvermögen" eingebracht hatte – *Der*
redet nicht viel – der macht was!.

*

Im Sommer machte das Amt einen Be-
triebsausflug in die nahegelegene Pro-
vinzhauptstadt. Der Chef hatte sich zuvor etwas sachkundig gemacht und
übernahm die Stadtführung selber. Er
führte u.a. auch durch einige Kirchen –
was für die meisten Mitarbeiter (Ost),

größtenteils atheistisch erzogen, natur-
gemäß recht ungewohnt war.

*Chef: Das ist 'ne richtig schöne
Stadt – ich war vor einigen Jahren
schon mal hier – damals noch mit dem
Interzonenzug!*

Mitarbeiter: Inter-was??

*Chef: Inter-zonenzug! Das waren
die, die in die DDR rein fuhren. Die
anderen, die Transitzüge, die fuhren
aus der BRD ohne Zwischenhalt durch
nach Berlin – äh, wie ihr gesagt habt:
„Die selbständige Politische Einheit
Westberlin"!*

*Mitarbeiter: Kenn' ich nicht – das
war vor meiner Zeit!*

*Mitarbeiterin (in einer Kirche, zum
Chef): Warum hat der Typ da oben
denn zwei Schlüssel in der Hand?*

*Chef: Das ist der hl. Petrus, und die
Schlüssel sind seine Kennzeichen, weil
Jesus zu ihm gesagt hatte „Ich will dir*

die Schlüssel des Himmelreichs geben!".

Anderer Mitarbeiter: Und was ist das da für ein komisches Gestell auf dem Altar?

Chef: Das ist eine Monstranz...

Mitarbeiter: ???

Chef: Darin wird die Hostie, also ein Stück Brot, das Christus darstellt bzw. in dem er nach dem christlichen Glauben gegenwärtig ist, ausgestellt.

Mitarbeiter (zeigt auf das Altarbild, das die Himmelfahrt Christi darstellt): Und der ist so in den Himmel abgefahren, so wie unser Siggi Jähn?

Chef: Das ist natürlich symbolisch zu verstehen, das war kein historisch greifbarer, sichtbarer Akt. In der Kunst wird das so dargestellt, um den Leuten eine bildliche Vorstellung zu vermitteln.

Anderer Mitarbeiter: Warum steht da am Eingang so'n hoher Stein mit einem Wasserpott?

Chef: Das ist ein Taufstein - früher durften nur Getaufte die Kirche betreten, deswegen steht der gleich am Eingang.

Mitarbeiter (West): Taufstein, das kenne ich auch – das ist doch die Spitze von unserem Vogelsberg in Hessen, 773 m ist der hoch! Aber was macht der hier?

Nach einer Kirchenbesichtigung

Mitarbeiterin (seufzend, zum Chef): Uff, das war hart… ich könnte mir Sie ganz gut als Pastor vorstellen!

Chef: Mag ja sein - dann wäre ich aber heute Bischof und Sie müssten vor mir niederknien und den Ring küssen…

Mitarbeiterin (völlig entsetzt): Was, ich soll einem Mann den Ring küssen, und auch noch niederknien??? Nie-

mals!!! Das würde euch Machos so passen!

*

Dem Chef fiel auf, dass die meisten Mitarbeiterinnen – also der weibliche Teil der Belegschaft - gegen 11 Uhr aus dem Haus verschwanden. Eine knappe Stunde später kamen die Damen dann mit vollen Einkaufstüten zurück. Sie waren gewohnt, erst einmal zu gucken, was es aktuell in den Läden gab – Südfrüchte gar? -, und dann wurde mitgenommen, was ging, bis die mitunter recht rabiaten Verkäuferinnen sie stoppten (*„Die anderen wollen auch noch was haben!"*) – man wusste ja nicht, ob es später noch was davon gab.

Da bei den Mitarbeiterinnen auf Nachfrage keinerlei Unrechtsbewusstsein er erkennen war, sprach der Chef den Personalrat darauf an.

Krause: Das ist bei uns so üblich! Da war schon immer so, und niemand hat das je beanstandet. Wann sollen denn unsere Kolleginnen ihre Einkäufe machen? Um 4, wenn sie mit der Arbeit fertig sind, kriegen sie doch nix mehr... heute hatten sie sogar Südfrüchte, da mussten die Kolleginnen schon schnell sein, denn wer weiß, ob morgen noch welche da sind! Aber nach 3 kriegst du nichts mehr.

Chef: Dann könnten Sie die Einkäufe doch wenigstens in der Mittagspause machen!

Krause: Was, Sie wollen unsere Kolleginnen zwingen, für ihre Einkäufe auch noch ihre Mittagspause zu opfern?? Das geht auf keinen Fall! Unsere neuen Chefs sagen doch immer, „wir sind ein sozialer Betrieb!"... aber da zweifeln wir schon länger dran – es wird dumm geguckt, wenn unsere Kolleginnen und Kollegen pünktlich nachhause gehen, und die ganzen Sozialdienste wie Tanzpädagogen, freigestellte Organisatoren für die Betriebsfeiern oder Familienbetreuer haben wir auch nicht mehr!

Und wenn die Kolleginnen Urlaub nehmen müssen, weil das Kind krank ist, das finden wir auch nicht in Ordnung. Früher konnten die Kolleginnen dann zuhause bleiben, ohne Urlaub nehmen zu müssen, haben ihr Geld weiter bekommen, bis das Kind wieder gesund war. Heute kriegen sie gerade mal ein paar Tage im Jahr Sonderurlaub! Wenn der nicht reicht, müssen sie draufzahlen oder selber krank machen.

Chef: Aber da gibt es Grenzen, sonst ist das alles nicht finanzierbar.

Mitarbeiter (West –zum Personalrat): Ey, Krause, denk doch mal nach - haben wir den Laden bankrott gefahren oder ihr?

Krause (zum Mitarbeiter/West): Du hast gut reden – Ihr aus der BRD werdet doch sehr gut bezahlt mit eurer „Buschzulage", und wir, die die ganze

Dreckarbeit machen müssen, können sehen, wie wir mit dem kleinen Ost-gehalt klarkommen !

Mitarbeiter (West): Dafür haut ihr DDR-Typen um halb vier ab zu euren Familien und Schrebergärten, und wir können sehen, wie wir uns die Freizeit um die Ohren hauen – aber (grinst) Gott sei Dank gibt es ja wenigstens noch ein paar Kolleginnen, die sich um uns kümmern!

*

Es sollte noch einige Jahre dauern, bis Amt und Mitarbeiter/innen mit den neuen (West-) Regeln klarkamen.

**

Zeitfracht Medien GmbH
Ferdinand-Jühlke-Straße 7
99095 Erfurt, Deutschland
produktsicherheit@kolibri360.de